# **책 쓰 기**
어 떻 게
시작할까

**책쓰기** 어떻게 시작할까

**초판 1쇄 발행** | 2018년 4월 15일

**지은이** 이정하
**펴낸이** 이정하
**그림** 김진혁
**디자인** 토가 김선태

**펴낸곳** 스토리닷
**주소** 서울시 서초구 방배동 934-3 203호
**전화** 010-8936-6618
**팩스** 0505-116-6618
**ISBN** 979-11-88613-03-8 (04800)
979-11-88613-02-1 (세트)

**홈페이지** http://blog.naver.com/storydot
**SNS** www.facebook.com/storydot12
**전자우편** storydot@naver.com
**출판등록** 2013. 09. 12 제2013-000162

이 도서의 국립중앙도서관 출판예정도서목록(CIP)은 서지정보유통지원시스템 홈페이지(http://seoji.nl.go.kr)와 국가자료공동목록시스템(http://www.nl.go.kr/kolisnet)에서 이용하실 수 있습니다.(CIP제어번호: CIP2018008715)

스토리닷은 독자여러분과 함께합니다.
책에 대한 의견이나 출간에 관심 있으신 분은 언제라도 연락주세요. 반갑게 맞이하겠습니다.

스토리닷 **글쓰기 공작소** 시리즈 ❷

# 책쓰기 어떻게 시작할까

이정하 지음

스토리닷

● 여는 글

# 새로운 길이 열리는 당신의 책쓰기를 응원합니다

"웬 컵라면이야?"

"이것 봐, 방금 내 책 교열교열 한 번 다 봤어. '그래서 신이여, 이 원고를 진정 제가 다 썼습니까?' 하고 감동하고 있었는데 갑자기 배가 꼬르륵거려서."

"그래서 신라면을 먹은 거야?"

"하하하, 그거 말 되는데!"

일 년에 몇 번 먹을까 말까한 컵라면을 정말 맛있게 먹었습니다. 그 이유는 바로 그렇게 기다리고 기다리던 제 책 첫 교정교열을 다 보았기 때문입니다. 어제 저녁 평소와 다름없이 밥을 먹고 아이를 재우고 난 다음부터 교정교열을 보기 시작했지요. 보통 때 같으면 밤 11시쯤 잠자리에 드는데도 제가 쓴 원고 교정교열을 보고 있자니 너무나 재미있어서 밤 12시가 넘도록 교정교열을 보았던 것이지요.

이번 책이 처음 책도 아닌데, 그리고 보통 때는 작가로서가 아니라 출판사 일로써도 교정교열을 질릴 만큼 보니 이제 교정지 앞에서는 무덤덤할 때도 됐죠. 하지만 저라는 사람은 어찌나 잊고 사는 게 많은지 제가 첫 책을 내면서 들었던 느낌이 어땠는지 새까맣게 잊고 말았습니다.

그래서 이제는 이 책 〈책쓰기 어떻게 시작할까〉 여는 글과 닫는 글을 써야 할 때가 되어서야 저의 첫 책 〈글쓰기 어떻게 시작할까〉 여는 글을 다시 읽어보았습니다.

거기에는 "급기야 들어가는 말과 책 제목만 남긴 오늘 새벽엔 난데없이 잠에서 깨어나 '이 제목이 나을까, 저 제목이 나을까' 몇 번을 뒤척이다가 까무룩 다시 잠이 들기도 했습니다."라고 나와 있더군요.

한해를 시작하는 1월, 저는 가족의 예기치 못한 일로 살면서 두 번째로 가장 많은 눈물을 흘렸습니다. 그런데 이상하리만치 병실을 왔다 갔다 하는 그 와중에도 제 가방에 노트북을 넣고 다니고 있더라고요. 누가 보면 그냥 건강검진을 하는 사람 보호자라고 여겼을 거예요. 지금 생각하니 그 순간, 그렇게 하면서라도 제 정신을 잃지 않고 저와 제 가족을 지키고자 했던 것 같아요.

많은 사람들이 말해요. 특히 우리네 어머니 세대를 살아오신 분들은 "내 인생, 책으로 쓰면 한 권으로 모자란다."고 말이에요. 이제 책을 쓰는 일은 유명한 사람, 많이 아는 사람들의 전유물이 아니에요. 저의 회사 이름인 스토리닷처럼 사람들은 모두 저마다의 이야기를 갖고 있어요. 이제는 다른 사람들 책만 읽는 것에서 내 이야기를 세상에 들려줄 차례예요. 예전 같으면 책을 내는 게 어렵고 힘들었지만, 요새는 책을 내고 싶다는 생각만 오롯이 가지고 있으면 누구나, 얼마든지 책을 낼 수 있는 세상이니까요.

이 책 〈책쓰기 어떻게 시작할까〉는 그런 여러분들을 위한 책입니다. 〈글쓰기 어떻게 시작할까〉를 읽으며 내 얘기를 밥 먹듯 한 줄, 한 줄 꼬박꼬박 적어놓았다면 이제 그 이야기를 세상에 내놓을 때입니다. 고맙습니다.

겨울과 봄 사이에서

차례

시작

# 나에게 질문하는 시간

# 자신에게 '왜'라는 질문을 던져보자

"출판사를 하시니 좀 여쭤볼게요."

"네."

"책을 내려고 준비 중인데, 이게 쓰면 쓸수록 불안하네요."

"왜 그럴까요? 원고는 어느 정도 쓰셨는데요?"

"반 정도 쓴 것 같은데, 맞게 쓰고 있는지 통 모르겠어요."

"그동안 원고를 다른 사람에게 보여줘 본 적은 없나요?"

"그렇죠. 딱히 다른 사람에게 원고를 읽어보라고 주기가 어려워서요."

그렇다. 위 대화는 책을 쓰기로 마음먹은 많은 이들, 그 중에서도 처음 책을 쓰기 시작한 이들이라면 거의 다 겪는 일 중 하나일 것이다. 어느 정도 원고를 쓰다 보면 '내가 과연 책을 잘 쓸 수 있을까?' '아니 원고를 다 쓰기나 할 수 있을까?' '이렇게 써서 과연 책으로 나올 수 있을까?' '내가 잡은 주제와 구성이 괜찮을까?' 이런 물음이 떠오르면서 원고 진도는 나가지 않고, 생각은 꼬리에 꼬리를 물고 일어난다. 특히 처음 책을 내기 위해 원고를 쓰는 이라면, 이런 생각으로 '내가 지금 뭐하고 있는 걸까?' 하는 생각을 하다가 중간에 책쓰기를 포기를 하는 경우가 많다.

세상사 많은 일들이 그렇지만, 이놈의 생각이 너무 많으면 안 좋다. 특히 어떤 일을 하겠다고 결심을 하고, 그 일을 행동으로 옮길 때 생각이 너무 달라붙으면, 그 생각이란 놈에게 붙잡혀서 중간에 그 일을 포기하고 만다.

글을 써서 책을 내겠다고 한 일도 마찬가지다. 책 한 권을 쓰겠다는 것은 그야말로 큰 결심이다. 책을 쓰기로 마음먹고 그에 따른 준비, 예를 들면 책을 열심히 읽고, 글을 쓰는 연습을 하고, 내가 쓰고자 하는 다른 책들이 어떤지 살펴보는 일을 다 하고도 책을 쓰는 일은 하루아침에 끝날 일이 아니다.

하루아침이 무슨 소리인가? 이 책은 책 쓰는 법을 알려주고자 정해진 시간, 그러니까 한 달 반에 책 쓰는 법을 알려준다고 해서 이렇게 짧은 시간을 내세우기는 했지만, 책을 쓰기로 한 주제는 평생 동안 자신 삶을 바쳐서 나올까 말까 한 일이다. 그러니 어떤 사람은 '책을 쓸 때 주제를 찾고, 그에 맞는 차례를 짜는 순간 책 절반은 쓴 것과 마찬가지'라고 말하지 않던가?

그래도 처음 책을 쓰기로 마음먹은 사람 중 원고를 쓰면 쓸수록 불안하고, 원고 진도가 나가지 않는다면 자신에게 조용히 다음과 같은 질문을 물어볼 필요가 있다. '나는 왜 책을 쓰려 하는가?' 이 질문에 '돈을 벌기 위해서' '책을 쓰고 그 책으로 강의를 하고 싶어서' '제2의 명함을 위해서' '내 삶을 정리하고 싶어서'와 같은 대답이 순간 떠오르지 않는다면, 지금 내 책쓰기에 문제가 있다고 보면 된다.

순간 떠오른 대답으로 거창한 대답은 필요하지 않다. 자신이 책을 쓰기로 했던, 마음을 움직였던 가장 솔직한 답이면 된다. 책을 쓰면서도 당신이 책을 써야 하는 이유를 자꾸 놓치고 있거든 다음과 같이 목표를 분명히 하는 방법을 써볼 일이다.

## 목표를 크게 써놓을 것

"저는 시를 쓰고 집에서 가장 잘 보이는 곳에 붙여 둬요.
그리고 화장실에 갈 때도 자꾸 쳐다봐요.
시는 짧으니까 소리 내서 읽어보기도 하고요.
식구들에게 붙여놓은 시 중 어떤 게 좋은지 물어보기도 하죠."

〈가재미〉를 쓴 문태준 시인이 시를 쓰는 방법에 대해 라디오에서 들은 적이 있다. 나 역시 책을 만들면서 표지시안이나 어떤 기간 안에 이루고 싶은 일이 있을 때면 문 시인처럼

벽에 붙여두곤 하는데, 이 효과가 생각보다 쏠쏠하다.

책을 쓸 때 이와 같은 방법을 쓰면 목표를 분명하게 할 수 있어 좋다. 더불어 사람인지라 시간이 흐르면 자꾸 잊어버리는 것도 막을 수 있고, 자꾸 자신의 목표를 눈에 익히면서 마음을 다질 수 있기도 하다. 오늘부터라도 내가 책을 쓰는 이유와 마감날짜를 A4 용지에 크게 써서 집에서 가장 잘 보이는 장소에 붙여두자. 그러면 자신은 물론 가족이 있다면 가족으로부터 자연스럽게 응원을 받을 수 있을 것이다.

물론 이렇게 집안에서 가장 잘 보이는 곳에 자신 얘기를 밝히는 것이 처음에는 부담스러울 수 있다. '뭐 그렇게까지 해야 할까?' '그냥 수첩이나 내 방에 붙여두면 되지 않을까?' 하는데, 목표와 기한을 그냥 머릿속에만 두고 쓰지 않는 것과 쓰긴 쓰되 자신만 보는 곳에 쓰는 것, 그리고 이렇게 식구는 물론 많은 이들에게 알리는 것에는 정말 많은 차이가 있다.

나는 이번 책을 쓰면서 내 페이스북은 물론 스토리닷 페이스북에 〈글쓰기 어떻게 시작할까〉에 이어 〈책쓰기 어떻게 시작할까〉를 쓰고 있다는 글을 올렸다. 그랬더니 자신은 지금 해외에 있어서 함께 모여서 글을 쓸 수는 없으나 멀리서나마 응원을 하겠다는 댓글이 달리기도 했다. 순간 나 스스로도 '이렇게 많은 이들에게 내 일을 알렸으니 그 어느 때보다도 책을 잘 써야겠다.'는 생각이 들었다. 더불어 자연스럽게 내 새 책, 그것도 책 쓰는 방법에 관한 책을 쓰고 있다는 것을 알릴 수 있어서 좋았다.

이렇게 내가 책을 쓰고 있다는 것을 미리 여러 사람들에게 알리는 것은 다이어트를 해본 사람이라면 쉽게 이해가 갈 것이다. 많은 헬스트레이너가 다이어트를 할 때 내가 지금 몇 킬로그램이고, 내가 현재 다이어트 중이라는 것을 주변 사람에게 알리라고 하는 것과 같은 이치다. 책을 쓰는 것도 자신 혼자만 결심을 한다고 해결될 문제가 아니기 때문이다.

바깥 일이 많은 바쁜 사람일수록 내가 언제부터 언제까지 책을 쓸 것이란 소리를 해서 급하지 않은 일에는 나를 부르지 않도록 할 필요가 있다. 책쓰기가 어렵다는 사람 중

대부분 사람들의 핑계 아닌 핑계가 시간이 없다는 것이다. 이런 사람일수록 자신이 책을 쓰고 있다는 사실을 널리널리 알릴 필요가 있다. 글은 엉덩이가 쓴다는 말이 있다. 글을 조금 써본 사람이라면 이 말이 무슨 말인지 알 수 있을 것이다.

## 책이란, 글쓴이란

"작가님, 책 사인 좀 해주세요."

"부끄러워요. 책 한 권 냈는데 제가 무슨 작가예요?"

"에이, 그래도 작가님은 작가님이죠. 어서 해주세요."

이 책 전에 나온 '스토리닷 글쓰기 공작소 시리즈 1'이었던 〈글쓰기 어떻게 시작할까〉를 낸 후 이와 같은 소리를 종종 듣곤 했다. 맞는 말이기는 하다. 책 한 권을 내도 작가는 작가다. 하지만 첫 책을 낸 사람 대부분 자신이 '작가'라고 불리는 일이 꽤 어색하다. 그럼에도 불구하고 독자라고 불리는 많은 이들이 책을 낸 사람을 작가라고 부른다. 그러니 '아, 내가 책을 내면 내가 생각하는 작가와 같은 그런 사람이 되는 구나.' 생각하고 그에 맞는 준비를 하는 것이 좋다.

작가, 그에 맞는 준비란 어떤 것일까? 더불어 '작가' 하면 어떤 이미지가 떠오르는가? 질문을 하고 나니 잠깐 동네책방을 운영하는 분과 나눈 얘기가 떠오른다. 그는 "책방에 오는 손님들은 어떤 작가라 해도 작가님이 있다고 하면 왠지 모르게 누구에게도 말 못한 혹은 말한 적 없는 얘기도 잘 들어줄 것 같다는 생각으로 책방을 찾아오시는 것 같다"고 말했다. 그러면서 그는 "예전에는 작가라고 하면 글을 쓰는 사람, 글로 우리에게 위로를 주는 사람이라 했다면 요즘 작가는 내 얘기를 잘 들어주는 사람이 작가이지 않을까 한다."는 말을 한 적이 있다.

책쓰기를 시작하며 앞에서 얘기했던 대로 '내가 왜 책을 써야 하나'라는 질문을 자신에게 던져보길 바랐다. 더불어 이 질문과 함께 자신에게 책이란, 글쓴이란 어떤 것인지 생각해봤으면 한다. 책, 요즘 책이 넘쳐난다고 한다. 그럼에도 불구하고, 그래서(?) 책을 예전만큼 읽지 않는다고 한다. 그런 때 책을 쓴다는 것은 나에게 어떤 의미이고, 그런 책을 쓰는 사람 즉 글쓴이로서 자신을 한 번쯤 되돌아보았으면 한다.

'과연 나는 책을 쓸 만한 사람인가.' 하고 말이다. 이 질문은 책을 내는 것 그리고 책을 쓰는 사람 문턱이 예전보다 아주 낮아졌기에, 너도나도 책을 내는 때이기에 한 번 더 스스로 생각해보라는 얘기다. 책을 써서 독자라고 불리는 사람들이 책값을 치르고, 책을 읽는 동안 내 책을 통해 어떤 느낌을 갖게 될지 생각해보자. 한마디로 아깝게 나무나 베는 책을 쓰지 않을 자신이 있어야 한다.

# 자신에게 '어떻게'라는 질문을 던져보자

"제가 구성을 맞게 잡았는지 모르겠어요."

"어떻게 잡으셨는데요?"

"크게 두 단락으로 앞 단락에는 설명을, 뒤 단락에는 관련 인물을 담았는데 쓰면 쓸수록 이게 맞나 싶어요."

"자세한 것은 원고를 봐야겠지만 책 구성은 이 책을 누가 볼 것인가를 생각하고 잡는 게 좋아요. 같은 주제로 책을 써도 아이들이 볼 책과 어른이 볼 책 구성은 조금 다르거든요."

책을 쓸 때 생각보다 미리미리 계산해둘 게 많다. 가장 먼저 계산할 것은 차례에 맞게 몇 장으로, 몇 개 꼭지글로 쓸 것인가이다. 나는 이 책 〈책쓰기 어떻게 시작할 것인가〉를 쓰기로 생각하고 놀랍게도 거의 한 시간 만에 차례를 잡았다. 그리고 나서는 차례를 보며 각 꼭지 옆에 써야 할 날짜를 적었다.

그런 후 전체 책꼴을 생각해보았다. 이 책은 전작 〈글쓰기 어떻게 시작할까〉를 잇는 책이기에 전체적인 책 느낌이 전작과 비슷하게 가는 게 좋겠다고 생각했다. 그래서 원고길이도 전작과 비슷한 게 좋겠다는 생각이 들었다. 전작 원고길이를 찾아보니 A4 60장이 조금 넘는 정도였다. 그래서 〈책쓰기 어떻게 시작할까〉 원고길이도 그와 비슷하게 맞춰보기로 하고, 차례에 잡은 꼭지글로 나눠보니 한 꼭지당 A4 3장 정도는 써야 한다는 계산결과가 나왔다.

참고로 A4 1장은 워드프로세서나 한글프로그램에서 글자크기 10포인트로 할 때 원고지 7장 정도가 나온다. 이렇듯 자신이 쓰고자 하는 책꼴을 생각하고, 가장 먼저 계산할 것은 각 꼭지별 몇 장 정도 원고를 써야 하는지 계산을 하는 일이다. 물론 이렇게 한 다음 장별 꼭지글을 뭘로 쓸까 생각해서 꼭지별 제목을 쓰고, 그 옆에 언제 그 글을 쓸지 적어놓으면 원고 시작부터 원고 탈고까지 날짜도 나오기 마련이다.

나는 한 달 반 정도로 퇴고까지 생각하고 이번 책 원고를 쓰기 시작했다. 전작이 크지 않은 책크기에 쪽수도 그렇게 많지 않은 책이었기에, 이번 책도 그와 비슷하게 가자는 생각을 했다. 그런 덕에 원고를 쓰기 시작해서 원고 탈고까지만 한 달 이내에 원고를 마무리하는 것으로 계획을 짰던 것이다.

그리고 일요일을 뺀 나머지 날에는 쉬는 날이 있어도 매일 A4 3장을 쓰기로 마음먹었다. A4 3장, 누구는 한 시간 반이면 쓰기도 하지만 누구는 3시간, 3일에 걸쳐 쓰기도 한다. 여튼 짧은 시간 안으로 책을 쓰기를 바라는 사람이라면, 책쓰기를 무작정 시작하지 말고 책쓰기에 필요한 것들을 미리미리 꼼꼼하게 계산해서 계획을 짜면 '책을 언제 쓰나?' 하는 마음에 부담감을 덜며 그나마 즐겁게 책쓰기를 시작할 수 있을 것이다.

## 책을 어떻게 알릴 것인가

"글은 언제부터 쓰셨어요?

내용도 좋고, 사진도 정말 예쁜데요."

"아, 그래요? 학교 다닐 때부터 좀 쓰기 시작했죠. 말씀 감사합니다."

"혹시 블로그나 SNS 하세요?"

"거의 안 하다가 안 그래도 그런 걸 해야 한다고 들어서

하려고는 하는데 쉽지 않네요."

책은 출판사에서 만들지만 그것은 책꼴과 관련된 게 많다. 작은 출판사이지만 출판사를 올해로 5년째 하고 있다 보니, 원고 투고를 해오는 예비작가들을 만나서 얘기를 나눠볼 기회가 종종 있다.

그런 자리에서 원고 얘기를 하다가 책과 관련 홍보마케팅 얘기를 하면 '그건 출판사에서 하는 일'이라 생각하는 분들이 많다. 자신은 원고만 주고 나머지 일은 출판사에서 알아서 해야 한다고 생각하는 이들도 적지 않다. 물론 이런 말

도 틀린 말은 아니다. 예전에는 그렇게 해도 책이 팔리곤 했으니 말이다.

하지만 지금은 다르다. 내 경험상 SNS에 출판사 이름으로 책 얘기를 하는 것과 작가가 직접 자신의 책 얘기를 하는 것은 반응면에서 꽤 많은 차이가 난다. 그러기에 투고에 의해 들어온 원고일 경우 원고가 좋으면 '이런 원고를 쓴 작가님은 어떤 분일까?' '우리 출판사와 잘 맞을까?' 하는 생각으로 예비작가와의 만남을 진행한다. 이 때 출판사 입장에서 가장 주의 깊게 보는 부분은 바로 '책에 대한 홍보를 어떻게 할 것인가'이다.

너무 돈만 밝히는 얘기 같지만 이게 현실이다. 더군다나 이름 석자만 대면 모두가 아는 유명인이 아니고 처음 책을 내는 예비작가라면 더욱더 이 부분이 중요하다. 책은 독자가 책값을 치르고 보는 상품이다. 작가 자신만 읽고 좋으면 그만인 작품이 아닌 까닭에 책은 많은 이들에게 읽힐 수 있어야 한다. 그러기에 '내가 책을 쓰면 어떻게, 어떤 경로를 통해 어떤 방식으로 책을 알리고, 판매까지 이루게 할 것인가.'는 출판사만의 고민이 아니어야 한다.

요즘 원고 투고를 보내오는 많은 예비작가들은 어디에서 책쓰기 강의를 들었는지 하나 같이 거의 비슷한 출간계획서를 보내주고 있다. 그런 출간계획서를 보는 기준은 여럿일 수 있으나 나 같은 경우는 이 예비작가가 블로그나 SNS 활동을 하는지, 안 하는지도 눈여겨본다.

또 예비작가와의 만남에서는 이 분을 작가로 데뷔시켰을 경우 작가로서 활동을 잘 할 수 있을까도 살펴본다. 단적으로 말하면 너무 소극적이거나 어두운 성격의 예비작가와 일하기는 쉽지 않다. 아니 솔직히 말하면 어렵다. 그러니 자신이 원고 투고를 해서 만약 출판사 관계자를 만나는 자리에 가게 되거든, 출판사 담당자와 눈을 잘 마주치면서 조금은 적극적이고 밝은 성격임을 어필하길 바란다.

거기에 블로그나 SNS 한 두 개 정도는 꼭 하시라고 부탁하고 싶다. 온라인에 자신 얘기를 하고 싶지 않아 하는 분들이 있다. 그것은 개인 취향이니 내가 이렇다, 저렇다 말하고 싶지 않다. 하지만 작가가 되려는 이들은 그 일도 작가로서 해야 할 일이라 생각하고 온라인 활동을 해야 한다고 감히 말씀드린다.

## 자신을 살펴보자

"책을 쓰려면 제 자신을 왜 잘 살펴야 하나요?"

"일단 자신을 잘 살펴서 언제 책을 쓸 수 있는지 시간을 확보해야 하거든요. 그리고 일단 책을 쓰려는, 작가가 되려는 사람들은 자신은 물론 다른 사람도 잘 살펴야 해요."

"그렇군요. 저는 제가 관심 있는 것 외에는 통 관심이 없어서요."

자신을, 다른 사람을 살펴보려는 마음 없이 글을, 책을 쓸 수 있을까? 아마 그런 생각으로 글쓰기 시작은 해도 아마 계속 글을 쓰기는 어려울 것이다. 글을 쓰려는 사람은 기본적으로 자신에 대해, 나 아닌 다른 사람에 대해 관심과 연민을 가져야 한다는 글을 본 적 있다.

하지만 자신은 물론이고 나 아닌 다른 사람에게 관심을 갖기 어려운 시대다. 어려운 일이지만 그럴수록 나를, 다른 사람을 잘 살펴볼 필요가 있다. 일단 책쓰기를 시작하려면 자신이 언제 글을 쓸 수 있는지 계획을 짜야 한다.

물론 이 시간에 어떤 주제로, 어떤 글을 써서 그것을 어떤 책으로 묶을 것인지도 생각해야 한다. 그러기 위해서는 자신은 어떤 사람이고, 어떤 것에 관심이 많고, 또 어떤 것을 좋아하고 싫어하는지도 잘 알고 있어야 한다.

자신의 단점도 파악하고 있으면 좋다. 아침잠이 많아서 아침과 점심까지는 비몽사몽하기 때문에 점심이 지나서야 제정신이 든다던지, 사람들과 약속이 많아서 주말에는 전혀 시간을 낼 수 없다던지, 일은 이것저것 잘 시작하지만 마무리를 잘 하지 못한다던지 한다면 이런 자신을 잘 살펴서 책쓰기 시간을 짜보자.

'아, 이 정도면 완벽해.' 하고 계획을 짜도 책쓰기를 위한 원고를 쓰다 보면 생각만큼 진도가 잘 나가지 않는다. 그것은 자신 생활이나 자신에 대해 너무 빡빡하게 계획을 세웠을 가능성이 높다. 어렸을 적 방학생활계획표를 짜본 사람이라면 알 것이다. 한 시간 혹은 30분 단위로 계획을 세운다면, 분명 그 계획을 실천하기 어려웠을 것이다.

계획을 짜서 실망하고 실천하지 못하는 것보다는 조금 더 느스하게 계획표를 짜는 게 좋다. 물론 이 또한 자신의 목표나 생활을 잘 생각한 후에 계획을 세워야 함은 두말 할 필요도 없다.

자신을 잘 살피는 일은 원고를 어떤 시간에, 어떤 원고로 쓸 것인가를 정하는 것에도 꼭 필요하다. 간혹 예비작가를 만나서 얘기를 나누다 보면 '이 작가분은 왜 이런 주제에 관심을 갖게 됐을까? 다른 주제로 원고를 쓰는 게 더 나을 것 같은데…….' 하는 생각이 들 때도 있다. 이 모두 자신에 대해 보다 깊이 살피지 않아서 생기는 일이 아닐까 싶다. 책 쓸 주제를 잡으면 다시 되돌리기 어렵다. 그런 일이 발생하지 않도록 시간이 조금 많이 들더라도 자신을 찬찬히 잘 살펴서 책 주제를 잡기를 바란다.

# 주제를 잡자

"저도 책을 쓰고 싶은데, 어떤 것부터 해야 할까요?"

"주제를 정해야죠!"

"주제는 어떻게 정하죠?"

"내가 가장 자신 있게 얘기할 수 있는 것으로 정해야죠."

"그래요? 제가 가장 자신 있게 얘기할 수 있는 게 뭘까요?"

그 다음 대답을 하기까지는 평소 그 분이 어떤 분이라는 것을 알고 있었지만, 많은 시간이 걸릴 수밖에 없었다. 이처럼 글을 쓰려는 사람 말고 다른 사람이 주제를 잡으려면 그 사람이 어떤 사람이고, 어떤 삶을 살았는지 많은 시간을 들여서 들어봐야 한다. 그런데 이야기를 다 듣고 나름대로 생각해서 이런 주제는 어떠냐고 말을 하면 거의 대부분 사람들은 그 주제는 "너무 흔하다." "그 주제로 책을 자신이 없다."는 얘길 한다.

그러기에 주제는 오랫동안 자신이 고민해야 한다. 그래서 내 마음이 그 주제로 써야겠다는 생각이 드는 것으로 정해야 한다. 한마디로 그 주제에 내 마음이 움직이고, 설레야 한다. 책을 쓰는 내 마음마저 움직이지 않고, 설레지 않는 얘기를 그 누가 돈을 내고 책을 사본단 말인가?

더불어 그렇게 처음 책을 쓰려는 이들에게 나는 다음과 같은 말도 잊지 않는다. 책을 써서 돈을 벌기에는 요즘은 너무 힘들다. 그러니 쓰는 동안 자신만이라도 즐거워야 한다고 말이다. 그렇다고 자신 세계에만 빠지라는 말은 아니다.

그렇다면 가장 자신 있는 이야기란 어떤 것일까? 그 주제라면 언제라도 지치지 않고 말할 수 있는 그런 이야기이지 않을까? 그건 자신이 하는 일, 일상생활, 삶 속에서 발견해야 한다. 이런 것이 바로 작가의 눈이다. 그것은 똑같다고 덮어둔 일상 속에서 살아있는 이야기를 끄집어내는 일이다.

발견이라는 단어가 나왔으니 하는 말인데, 발견은 들여다보기, 살피기라는 말로도 바꿀 수 있을 듯하다. 바로 나라고 하는 책을 쓰려고 하는 사람을 잘 살펴서 '내가 들려주려고 하는 이야기 중 사람들이 어떤 이야기를 가장 즐겁게 들을까' 하는 것을 발견해내야 한다.

지금 이 책을 쓰는 나는 전작 〈글쓰기 어떻게 시작할까〉라는 책에서도 말했지만, 출판사를 하기 전 잡지사에 다녔다. 대학교에서도 학보사를 다녔다. 대학에 가기 전에도 늘 문예부를 하면서 책을 가까이했다. 이런 내 이야기를 들려줬을 때 사람들이 가장 궁금해 하고, 가장 즐겁게 들을 이야기는 무엇인가? 그리고 그런 이야기 중 내가 가장 자신 있게 이야기할 수 있는 이야기는 무엇인가? 바로 그 이야기를 쓰면 된다.

# 자신 얘기를 들려주라

"그런데 그런 주제는 너무 흔하지 않아요?"

"그렇죠. 예를 들어 사랑이라는 주제가 영원한 것처럼요.

그 주제에 세상 어디에도 없는 내 얘기를 담아야죠."

주제에 대해 이런저런 얘기를 하고 나서 내가 생각한 당신의 책 주제는 이런 것이라고 얘길 하면 대부분 위와 같은 대화가 오고 간다. 자신에게 어울리는 주제를 잡는 일은 자신에게 어울리는 색을 찾는 일이다. 자신에게 어울리는 색으로 옷을 입는 일과 같다. 아무리 비싸고 멋진 옷이라 해도 입었을 때 불편하고 자신에게 잘 맞지 않는다면 소용이 없다.

주제도 마찬가지다. 더불어 책을 처음 쓰는 나에게 맞는 주제는 따로 있을 수 있다. 옷은 그 누구도 아닌 자신에게 어울리는 옷이어야 하는 것처럼 책쓰기 주제도 그 누구도 아닌 이 책을 쓰는, 이 글을 쓰는 자신과 어울려야 한다.

'어울린다'는 표현은 나를 모르는 사람일지라도 "내가 그동안 이런 길을 걸어왔고, 그동안의 내 얘기 중 이런 얘길 해볼게요." 하면 "네, 잘 들어볼게요." 정도는 돼야 한다는 말이다. 사실 책쓰기를 결심하고 자신에게 어울리는 주제를 정했다면 이제부터는 그 주제를 잘 풀기만 하면 된다.

그럼 이야기를 잘 풀기 위해서는 어떻게 해야 할까? 자신 얘기를 하라고 했으니, 내 얘기만 계속 늘어놓으면 될까? 그건 책이 아니라 진짜 사람과 얘기하는 것이라 할지라도 너무 지루한 일이다. 이 책을 읽는 사람, 즉 가상의 독자가 내 앞에 있다 생각하고 책을 쓰자. 그러면 더 쉽게 글쓰기를 할 수 있고, 자신이 생각한 주제를 더 잘 풀 수 있을 것이다.

자신 얘기를, 자신 경험을 쓰라고 하면 대부분 사람들은 "유명하지도 않은 제 얘기가 재미나 있을까요?" 하고 물어온다. 그럼 책이 논문도 아닌데 어떤 사람 얘기로 책 한 권을 다 채울 거냐고 다시 물어본다. 〈글쓰기 어떻게 시작할까〉에서도 말했지만, 글을 잘 쓰려면 자신 얘기를 자신이 아는 만큼 쓰라고 했다. 자신 얘기를 잘 풀어보자. 그렇게 잘 풀어쓴 자신 얘기는 세상 어디에도 없다. 그러기에 돈을 내고 그 책을 사서 보는 것이다.

물론 자신 얘기를 하면서도 자료나 취재가 필요하다면 앞서 말한대로 계산을 잘 해서 틈틈이 글재료도 모아야 한다. 글재료는 마치 글이 활활 타오르게 하기 위한 장작과 다름없다. 더불어 살아있는 글을 쓰기 위해서는 글을 쓰는 자신 바로 앞에 있는 독자가 재미나게 들을 수 있는 여러 장치가 필요하다. 책을 읽고 있어도 마치 내 앞에 그 책 작가가 와서 얘기를 들려주는 것처럼 내용에 맞는 적절한 예를 들고, 사진을 곁들여 보여주고, 글로 소리와 향내를 만들어 내야 한다.

## 다른 책을 한 번쯤 둘러보자

"직접 낼 책을 준비 중이라고 들었어요."

"네."

"그런데 그 책 잠깐 SNS에서 보니 글쓰기인가 책쓰기 책이던데, 그런 책 너무 많지 않아요? 차별점이 있어야 할 거 같던데요."

"차별점요? 차별점이라, 차별점은 제 미모로 할까요?"

오랜만에 이제 막 첫 책을 낸 출판사 대표과 나눈 전화통화 내용이다. 맞는 말이다. 글쓰기, 책쓰기 책이 차고 넘친다. 그럼에도 불구하고 나는 왜 책쓰기 책을 쓴다는 것일까? 나름대로 시시콜콜 말 못할 사정이 조금 있지만, 〈글쓰기 어떻게 시작할까〉라는 내 첫 책을 낼 때부터 이 책은 시리즈로 낼 생각이었다. 이 책을 내고 작가로서가 아니라 출판사 대표로서 여러 가지 일을 하다 보니 내가 작가이자 출판사 대표라는 사실을 잠시 잊고 있었다.

그러다가 이렇게 요즘은 작가로서, 출판사 대표로서 이

책을 쓰고 있다. 우스갯소리로 차고 넘치는 책쓰기 책에서 이 책 차별점을 내 미모라고 얘기했지만, 그것은 오랜만에 전화통화를  하는 어색함을 깨고자 한 말이었고, 사실 이 책 차별점은 다른 곳에 있다. 바로 <글쓰기 어떻게 시작할까>를 내고도 작가와의 만남은 쑥스러워서 가지질 못했지만, 글쓰기 수업은 몇 차례 가진 적 있다. 다행히 그 글쓰기 수업을 통해서(전적으로 내 수업을 통해서 그렇다고는 할 수 없으나) 여튼 작가로서 데뷔한 친구도 나올 정도였다.

나 역시 특강이지만 대학에서 글쓰기와 관련된 강의도 할 수 있었었다. 이 모든 게 <글쓰기 어떻게 시작할까>라는 작지만 (나름대로) 강한 책에서 나왔다고 생각한다. 해서 <책쓰기 어떻게 시작할까>가 나오면 이번에는 얼굴에 철판을 깔고서라도 작가와의 만남도 하고, 스토리닷 글쓰기 공작소도 다시 열어서 책쓰기 수업을 열심히 해볼 참이다. 마침 따져보니, 이 책은 친절하게도 21일로 책쓰기에 대해 말하고 있어서 수업을 받는 이들에 맞춰 알맞게 나눠서 수업을 진행하는 것도 좋을 듯하다.

하지만 전화로 이 모든 것을 다 얘기할 수는 없었다. 그는 아마도 유명한 작가도 책쓰기 책을 내고 있는데, 그런 강력한(?) 사람들을 상대로 어떻게 책을 팔려고 하느냐는 생각이리라.

그러기에 세상에 없는 것을 만들어내고자 할 때, 이른바 창작을 하고자 할 때는 자신이 생각한 것이 이미 세상에 나와 있는지, 없는지 살펴볼 필요가 있다. 책도 마찬가지다. 책을 쓰다 보면 책 제목을 생각하게 마련인데, 이미 책으로 나와 있는 책 제목을 생각하고 있을 수 있으니 책을 써가면서 가끔은 시간이 나는 대로 자신이 생각하고 있는 책 제목으로 검색 정도는 해볼 필요가 있다.

하지만 다른 책들을 너무 많이 보는 것은 되려 독이 될 수도 있다. 자연스럽게 그런 쪽으로 책을 쓸 우려가 있기 때문이다. 특히 처음 책을 쓰는 사람일수록 다른 사람이 쓴 책을 볼 때는 '아, 이렇게 구성을 잡았구나.' '이런 제목도 재미있네.' 정도로 그쳐야 한다.

# 차례를 짜자

"저는 책을 살 때 꼭 보는 것이 있어요."

"어딘데요? 작가소개요?"

"아니요. 저는 괜찮다 싶은 책이면 목차를 봐요.

목차만 찬찬히 읽어봐도 백퍼센트는 아니지만,

그 책이 어떤 책인지 알 수 있어요."

앞에서도 말했지만 책 주제는 정말 오랫동안 생각해야 할 것 중 하나다. 그렇게 오랫동안 생각했던 주제를 여기에서는 나무라 생각해보자. 그랬을 때 차례는 내가 그릴 나무의 큰 가지다. 차례를 잘 잡는 일은 나무에 맞게, 나무에 어울리도록, 나무가 흔들리지 않도록 가지를 잘 쳐서 중심을 잘 잡는 일이다. 이제 해야 할 일은 튼실한 나뭇가지를 보고 책을 장만하려는 이들이 나무가 잘 드러나도록 가지를 잘 잡는 일이다.

어떻게 하면 차례를 잘 잡을 수 있을까? 이럴 때는 머릿속에, 그도 아니면 A4에 그림을 좀 그려보면 좋다. 먼저 책 전체 내용을 몇 장으로 구성할지부터 생각해보자. 이 장 구성은 쉽게 말하면 내가 쓰려는 책 주제에 맞게 책 구성을 몇 단계로 할 것인가부터 생각해보라는 얘기다. 책을 보면 알겠지만 많은 이들이 기, 승, 전, 결 이렇게 4장으로 잡는 이들도 있고, 서론, 본론, 결론 이렇게 3장으로 잡는 이들도 있다. 또 시간 흐름대로 잡는가 하면 어떤 책은 이론과 실전으로 나누기도 한다.

구성은 쓰려는 책에 맞춰서 자신이 편한 대로 하면 된다. 이야기를 좀 길게 끌고 나갈 자신이 있다면 각 장을 길게 잡고, 나는 짤막짤막하게 얘기를 끌고 나가고 싶다면 그렇게 해도 좋다. 참고로 이 책은 3장 구성으로 잡았다. 책을 보면 시작과 중간 그리고 끝이 있는 것처럼 책을 쓰는 방법에 관한 책이니 책 구성대로 그렇게 잡아본 것이다.

하지만 지금 잡은 이대로 책으로 나오게 될지, 아니면 중간에 고치게 될지는 아직 알 수는 노릇이다. 일단 책쓰기로 마음먹고 주제와 구성인 차례를 잡을 때는 생각나는 대로 자신의 머릿속에 있는 내 책에 대한 그림을 스케치한다고 생각하면 된다. 쓰다 보면 그 스케치를 지우고 다시 그릴 수도 있고, 그 스케치대로 물감으로 색칠을 할 수도 있다. 그러니 너무 겁먹거나 두려워하지 말고 책을 쓰는 그 시간을, 그 자체를 즐기길 바란다.

일단 장를 나눴으면 그 아래로 장에 어울리는 키워드를 적어보자. 그렇게 해서 중간제목을 만든다. 하지만 이 중간제목은 나중에 얼마든지 바뀔 수 있는 것이기에 너무 고민하면서 신중하게 정할 필요는 없다. 중간제목이 잘 생각나지 않거든 그냥 키워드만 남기고 그 옆에 메모를 해서 여기는 어떤 얘기를 해야 할지 나 스스로 알아보면 그만이다.

그래도 책 균형과 조화를 생각해서 중간제목 개수는 장마다 맞춰주는 게 좋다. 그래야 나중에 하루에 내가 써야 하는 원고분량도 계산하기 쉽다. 중간제목까지 정했다면 누가 봐도 얼추 틀은 다 갖춘 셈이다.

## 차례를 다 짠 다음에는

"차례를 다 짰는데, 짜고 보면 제 마음에 들지 않아서
계속 고치게 돼요. 벌써 몇 번을 고쳤는지 모르겠어요."
"왜요?"
"뭔가 이 얘기를 여기에 넣으면 저기에 넣고 싶고,
그래서 저기에 넣으면 다시 전에 넣었던 곳에 넣은 게
더 좋아보이곤 해요."
"아, 그럴 때는 전체 그림을 좀 더 확실하게 그려볼 필요가 있어요.
그도 아니면 이게 약간 글쓰는 습관인데요.
저는 처음에 글을 쓸 때는 완벽하게 쓰지 않아요. 그냥 써요.
일단 써요. 그리고 그 얘기를 조금 바꿔야겠다는 생각이 들거나

아예 장을 옮겨야겠다는 생각이 들면 그 꼭지글을 다 쓴 다음 그때 고치거나 장을 옮겨서 읽어봐요."

오늘 만난 분도 그랬다. 자신이 쓴 원고를 한 번 봐달라고 해서 만난 이 분 원고를 보니 차례를 잡긴 잡았는데, 장 구분이 없었다. 그래서 장 구분을 하지 않은 특별한 이유가 있냐고 물으니 실은 그 부분이 너무 어렵다고 했다. 예를 들면 1장이라고 쓰고 그 옆에 그 장을 함축하는 얘길 써야 할 듯한데, 그 말을 뽑아내기가 너무 어렵다고 했다.

그렇다. 처음 책을 쓰는 사람이 편집부 직원도 아니고 목차를 보고 장 제목을 단숨에 뽑아내기란 어렵다. 그럴 땐 장별 특징을 적어놓으면 어떨까? 이 장에서 가장 중요한 내용을 한 단어로 말하면 어떤 말일까 생각해보고 그 말을 장 제목으로 적어놓으라는 얘기다.

물론 책쓰기를 하면서 장 제목 하나 안 쓴다고 큰 일 나지 않는다. 하지만 이 책은 책쓰는 방법을 하나하나 깨쳐서 나중에는 원고를 써서 출판사에 출간계획서를 제출해보는 것을 최종 목표로 잡고 있는 책이기에, 그럴 때 원고 작성은 내가 출판사 원고 투고 검토자라 생각하고 쓰면 쉽게 이해가 갈 것이다. 다시 한 번 확인하고 가자. 장 제목을 뽑기 어렵거든 그 자리에 그 장을 함축하는 한 단어라도 적어놓고 넘어가자고 했다.

그런 다음에는 드디어 그 장 아래에 있는 각 꼭지별 글을 써야 한다. 각 꼭지별 글을 쓸 때 해주고 싶은 말은 너무 잘 써야 한다는 생각을 덜고 조금은 가벼운 마음으로 써보기를 권한다. 처음 책을 쓰는 사람일수록 글이 무겁다. 글이 무겁다는 얘기는 내가 쓰는 글에서 너무 많은 것을 알려주고 싶기 때문이다.

교과서 같은 책은 감동이 없다. 요즘은 정보가 차고 넘치는 세상이다. 그 정보에 어울리는 내 얘기로 감칠 맛 나게 내 얘기를 버무릴 줄 알아야 한다. 한 꼭지, 한 꼭지 써가는 기쁨을, 즐거움을 충분히 느끼고 그 시간을 즐기면서 원고를 써보자. 자신이 좋아하는 작가를 그리면서 자신이 그런 사람이 됐다고 약간은 작가놀이 비슷한 것을 하면서 원고를 써도 좋을 듯하다. 아마 너무 무거운 어깨로, 이마에 일자 주름살을 그리면서 원고를 쓰는 것보다 훨씬 원고 진도가 잘 나갈 것이다.

## 패턴을 만들어보자

"한 꼭지 쓰기가 이렇게 힘들 줄 몰랐어요. 책을 읽을 때는 그냥 한 장, 한 장 휙휙 넘기고는 했는데 말이죠."

"그렇죠? 어떤 날은 한 꼭지 쓰기도 힘든 날이 있어요. 아니 한 꼭지가 뭐예요. 한 자도 못 쓰고 그냥 넘어가는 날도 있죠. 그런데 그런 날, 저 자신에 하는 핑계 글은 어찌나 잘 써지던지요?"

"책을 써보신 분도 그렇군요!"

"그럼요. 더하면 더했지, 아마 덜하지 않을 걸요!"

글을 써서 돈을 버는 작가가 아닌 이상 매일매일, 정해진 시간에 글을 그것도 호흡이 긴 책 한 권을 쓰는 일은 어쩌면 도를 닦는 일과 같을지도 모른다. 이 글을 쓰고 있는 나도 그렇다. 지금은 한해를 정리하고, 새해를 계획하는 때다. 그래서 그런지 마음이 바쁘다. 마음이 바쁘니 몸도 바쁘다.

나 역시 일요일만 빼고 매일매일 원고를 쓰자고 차례에 날짜까지 번듯하게 적어놓았지만, 한 달 전에 잡은 모임에조차 나가지 않을 수 없었다. 나갔다가 들어오니 몸이 너무 피곤했다. 원고를 써야 한다는 생각은 나중이고, 빨리 씻고 잠자리에 들고만 싶었다. 이런 날이 연속으로 이틀이 지나니 하루에 A4 3장을 쓰기로 했던 내 원고 진도는 −6장이 되고 말았다. 그래서 주말이자 크리스마스가 시작되는 연말이 오기 전 저녁에 이렇게 커피숍에 나와 −6장을 최대한 줄이고 있다.

구구절절 내 얘기만 한 것 같은데, 이 얘기를 하면서 하고 싶은 말이 있다. 바로 원고 진도 압박에서 벗어나려면 각 꼭지별로 갖다 쓸 수 있는 틀이 있으면 좋다. 이것을 여기서는 이해하기 쉽게 패턴이라고 하자. 이 책 꼭지별 글에서 가장 먼저 무엇이 보이는가? 바로 내가 어떤 사람과 나눈 대화다. 이 대화는 책쓰기를 너무 어려워하는 이들을 위해 책쓰기를 조금 더 친절하게 알 수 있도록 한 것이다. 첫 대화 부분만 봐도 '아, 나도 그런 적 있는데' 하면서 그 얘기를 잘 들어주길 바라는 마음으로 썼다.

이처럼 나는 대화를 갖다 썼다면 자신이 읽었던 책이나 감명 깊게 읽었던 명언 같은 것을 인용해도 황량한 A4지를 조금이나 채워줄 수 있는 장치가 되지 않을까 싶다. 그렇다고 원고를 별 고민 없이 쉽게 쓰려고 이런 장치를 쓰려고 한다면 그것은 조금 생각해볼 문제다. 그런 장치를 썼을 때 원고 진도는 물론 자신이 말하고자 하는 내용들은 조금 더 잘 전달해줄 수 있을 때 이런 장치를 쓰는 참뜻이 있다.

나는 혼자 책을 쓰지만, 이 책을 읽는 사람은 수 천, 수만 명이 될 수도 있다. 잘하면 우리나라 사람은 물론이고 해외 사람들도 이 책을 읽는다고 할 때 정성을 들여 쓴 원고와 그렇지 않은 원고는 단박에 드러나기 마련이다. 아마도 그건 책을 쓰는 내가 가장 잘 알고 있지 않을까?

# 그림을 그려보자

"언제부터 원고를 쓰셨어요?"

"오래 되진 않았어요. 본격적으로(?) 쓰기 시작한 것은 한 육 개월 정도 됐을까요."

"아, 그러면 좀 되셨네요."

"아, 그래요? 저는 조금밖에 안 됐다고 생각했어요."

요즘 책쓰기 원고를 쓰면 쓸수록 그런 생각이 든다. '책을 처음 쓰는 사람일수록 쓰는 시간을 짧게, 되도록 함께 모여서 책을 써야겠구나.' 하고 말이다. 그 중 '짧은 시간'이라는 부분에 고개를 갸우뚱하는 분들이 있을 듯하다.

내 생각은 이렇다. 그 짧은 시간이란 주제와 차례를 다 정하고 그러니까 틀을 거의 다 짜놓고 자신이 생각대로 원고를 쓰는 시간이다. 나 역시 주제와 차례를 정한 후 한 달 반 만에 책 한 권을 다 쓰기로 작정을 하고 이 원고를 쓰고 있다. 실은 계획대로라면 한 달 반 만이 아니라 한 달 만에 탈고를 할 듯하다.

하지만 이것은 1차로 탈고를 하는 것이니 남은 시간 동안 수정을 하자면 한 달 반이 조금은 부족할 수도 있다. 책을 써보지 않은 분들이라면, 무슨 책을 한 달 반만에 쓰냐, 너무 대충대충 쓰는 것 아니냐 할지도 모르겠다. 하지만 책을 한 번이라도 써본 사람들은 그 시간이 결코 짧지 않은 시간이라 말할 것이다.

며칠 전 우리 출판사 최종규 작가가 독자들과 만나는 자리에서 했던 얘기가 생각난다. 어떻게 일 년에 다섯 권의 책을 낼 수 있냐는 질문에(이 질문은 어떻게 하면 글을 그렇게 빨리빨리 쓸 수 있느냐는 질문이리라) "제가 그간 글을 썼던 시간을 다 더하면 어느 정도 될까요? 저는 열아홉 살부터 하루

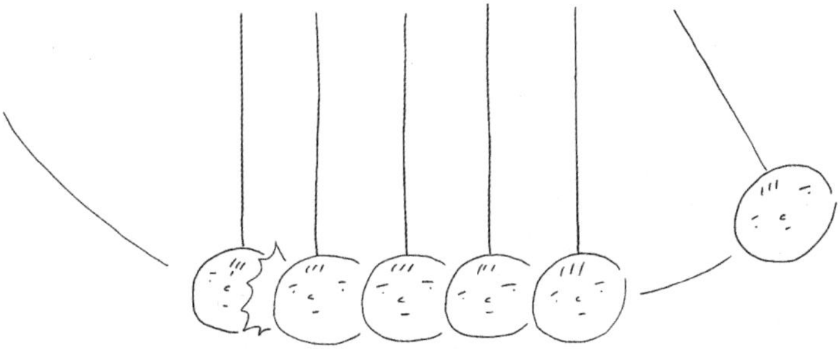

도 쉬지 않고 글을 썼어요."

자신이 생각한대로 책쓰기를 마치려면 생각보다 치밀하게(?) 계산을 할 필요가 있다. 그리고 가능한 조금씩이라도 매일매일 원고를 쓰는 게 좋다. 그래야 자신이 했던 생각을 잃지 않고 계속 그려나갈 수 있다. 나는 이 책을 하루에 A4 3장씩 쓰고 있다. A4 3장은 집중하면 한 시간 반이면 쓴다. 그 한 시간 반을 하루 24시간 중 언제, 어디서 완성할 것인지 되도록 미리 정해놓고 시작하면 더 쉽게 책쓰기에 몰입할 수 있다.

더불어 책쓰기 시간을 정하면서 내가 쓰는 시간 외에도 자료를 구하거나 다른 사람에게 원고를 받아야 한다면 그런 시간까지 원고 쓰는 시간에 미리 넣어두어야 한다. 다만 외부 원고는 내가 직접 쓰는 시간보다 더 많은 변수가 생기므로 시간을 넉넉히 잡아두는 게 좋다.

## 주변을 정리해서 시간을 만들자

"왜 이렇게 원고 쓸 시간이 없는지 모르겠어요."

"그렇죠. 조금 쓰려고 하면 친구들이 커피 마시자고 하고,
모임에라도 나가면 오랜만인데 밥 먹자고 하죠?"

"맞아요. 어떻게 아셨어요?"

"저도 처음 책을 쓸 때 그랬거든요. 그래서 지금은 책을 쓸 때는
가족이나 친구들에게 제가 책을 쓰고 있다는 걸 알려요.
그렇게 해야 조금 더 원고 쓸 시간을 만들 수 있더라고요."

시간을 잘 계산해서 원고 쓰는 시간을 마련해도 원고를 쓰다 보면, 생각하지 않은 여러 가지 일이 생길 수 있다. 그래서 원고 쓸 시간을 계산해서 정하는 김에 사람 만나기 좋아하는 사람일수록 주변을 좀 정리할 필요가 있다. 더불어 이 일, 저 일 너무 많은 일에 다리를 걸쳐놓은 사람이라면 이 다리수도 좀 거둬들일 필요가 있다. 너무 비장한 말 같은가? 다음 얘기를 들어보자.

내가 글쓰기처럼 오랫동안 하고 일 중 하나에는 선무도라는 지관수행법이라는 게 있다. 지관수행법이라 하니 뭐 그렇게 어려운 걸 하시나 하며 이 또한 '도를 아십니까'인가 하는 분들도 있을 텐데 전혀 그렇지 않다. 어쨌든 내가 선무도에 입문한 이유는 다소 황당하리만큼 충동적이었다.

어느 날 텔레비전을 보고 있는데, 어떤 사람이 소나무 사이를 슝슝 날고 있는 것이 보였다. 너무 신기해서 다음에 그게 무슨 운동인지(그때는 그것이 운동인 줄 알았다) 찾아보았다. 그랬더니 그것은 선무도라는 요가, 명상, 기공, 무술을 한 번에 할 수 있는, 그 당시에는 굉장히 혁신적인 운동처럼 보였다. 그러면서 나도 선무도를 하면 저 사람처럼 슝슝 소나무 사이를 날 수 있을 줄 알았다.

하지만 현실은 결혼 전부터 선무도를 했으니 선무도를 시작한 시간부터 따지면 거의 십년 정도 넘어서 선무도 2단 단증을 받았다. 거기엔 빡빡한 직장생활과 결혼과 출산도 있어서 꾸준히 선무도 수련을 할 수 없었던 시간도 있었다. 선무도는 특이하게 1단을 딴 지 2년이 넘어서 2단에 응시할 수 있는 자격이 주어진다. 그만큼 오랜 시간을 들여 몸과 마음을 단련해야 한다. 이런 점이 장점이 될 수도 있지만, 요즘처럼 빠른 시대에는 다소 대중성을 확보하기 어려운 점이 될 수도 있다.

여튼 선무도 얘길 꺼낸 이유는 '시간' 얘길 하고 싶어서다. 법사(선무도를 가르치는 사람)님께서 그런 말을 한 적이 있다. "저도 젊었을 때는 술 좋아하고, 친구 좋아하고, 노는 거 좋아하는 사람이었습니다. 하지만 지금은 그때 왜 그렇게 아깝게 시간을 버렸을까 생각해요. 바빠서 수련을 못 오시는 분들은 자기 주변을 좀 정리하셔야 해요. 사람도 정리하고, 집도 정리해보세요. 그러면 보이지 않던 자신에게 집중할 수 있는 시간도, 장소도 발견하실 수 있을 겁니다."

맞는 말이다. 집도 마찬가지이지 않은가? 집만 그러겠는가? 항상 부족한 장롱도, 컴퓨터 메모리도, 휴대폰도 정리를 하면 빈 공간이 나오기 마련이다. 하하, 2단이 되고 나니 간혹 글 쓰는 법과 선무도 수련을 하는 것과 통하는 점이 많다고 느끼는 요즘이다. 아까 말한 대로 시간이 없다고 말하는 사람일수록 주변 사람들에 "나 요즘 책 써. 우리 책 다 쓴 다음 만나자. 한 권 사주면 더 좋고." 이렇게 문자를 보내보자.

## 그래도 계획대로 원고를 쓰긴 어렵다

"일본 여행책을 낼 때는 봄 아니면 가을이죠?"

"그렇죠. 그런데 그 때 나오면 약간 늦은 감이 있는 거 같아요.
그 책을 읽고 여행을 가려고 준비하는 시간들이 필요하니까
요샌 여행 시즌보다 조금씩 빨리 책을 내는 것 같기도 해요."

"맞아요. 저도 이 책은 독립출판물로 만들었어요.
지금 다음 책도 쓰고 있는데 일본 여행책이라 쓰면서도
제때에 책을 낼 수 있을까 하는 생각이 들어요."

출간 시기라는 게 있다. 말 그대로 책을 내는 때를 말하는데 책 내용에 따라, 분야에 따라 책을 세상에 내놓았을 때 조금

더 잘 팔리는, 때를 좀 타는 책들이 있다. 분야에 따라 출간 시기를 얘기하려고 하니, 출간 시기를 타지 않는 책들이 더 적어 보인다. 지금 생각해보니 문학은 특별한 내용이 아닌 이상 출간 시기를 타지 않는 듯하다.

하지만 처음 책을 쓰는 사람치고 문학에 도전하는 사람은 적은 숫자에 불과할 것이다. 그러니 자신이 쓸 책 출간 시기를 미리미리 살펴서 출판사에 원고 투고를 해보자. 원고 투고 얘기가 나왔으니 하는 말인데, 얼마 전에 만난 분은 책쓰기가 너무 어려워서 이곳저곳 책쓰기를 가르쳐주고 원고 투고를 통해 출간까지 도와준다는 곳을 알아보기도 했단다.

출판사를 하다 보니 책쓰기와 출판에 대해 이런저런 얘기를 할 수 있는 자리가 종종 있다. 그 자리에서도 이런 책쓰기 학원에 대해 얘기가 나왔다. 웃지 못할 얘기는 그렇게 많은 돈을 들여서 수업을 다 받고 마지막에는 출판사에 원고 투고를 해야 하는데, 그 때만 되면 애먼 출판사에만 원고 투고 메일이 넘쳐난다는 얘기였다.

처음 책쓰기를 한다는 어떤 분과도 원고 투고에 대해 얘기를 나눠본 적이 있는데, 출판사를 하는 입장에서 투고로 들어오는 원고를 출간까지 하기에는 생각보다 많은 어려움이 있다. 확률로 따지면 열통 메일이 들어오면 그 중 한 통 메일이 출간까지 이어질까 말까다. 그러니 처음 책쓰기를 하는 사람일수록 원고를 잘 써야 하고, 지금껏 얘기했던 대로 출간 시기도 잘 계산해서 원고 투고를 그야말로 잘 하는 수밖에 없다. 어떤 게 원고 투고를 잘 하는 방법인지는 이 책 후반부에서 다시 한 번 얘기하도록 하겠다.

더불어 출간시기 얘기가 나왔으니 출판사에 원고 투고를 통해 책을 출간하는 방법 외에도 한국출판문화산업진흥원에서 매년 3월이면 우수출판콘텐츠 제작 지원 공모전을 연다. 이 공모전에 몇 번 도전해보니, 출판사에서 지원하는 것보다 작가가 직접 지원하는 게 챙길 서류도 적고 확률도 높은 듯하다. 당선되면 작가에게는 인세를, 작가가 계약 맺은 출판사에는 제작비를 지원해주니 이 또한 기억해 두었다가 응모해 봄직하다.

이 외에도 요즘은 출판사에서도 원고를 모집하기도 하고, 카카오가 운영하는 브런치에서도 공모전을 열고 있다. 그러니 차근차근 원고를 잘 써서 때를 잘 기억해두었다가 출판사 원고 투고만 바라보지 말고, 다양하게 원고를 보내길 바란다.

# 여러 사람에게 알린다

"바쁘시죠? 요새 어떻게 지내세요?"

"비슷하죠. 그런데 요새 책쓰고 있어요."

"무슨 책요?"

"아, 책쓰는 방법에 관한 책이에요."

"네? 제게 정말 필요한 책이네요."

책쓰기뿐만 아니라 무언가 꼭 이루고 싶은 게 있다면 여러 사람에게 알리라고 앞에서도 말했다. 이 책을 쓰는 나 역시 책을 쓰는 과정을 틈틈이 SNS에 올려고 있다. 더불어 사람을 만나더라도 책을 쓰고 있다는 얘기를 빠지지 않고 하고 있다. 그랬더니 책이 나오면 꼭 사보겠다는 사람부터 잠깐 만나서 책쓰는 것에 관해 얘기하고 싶다는 사람도 있고, 원고 투고까지 하는 사람도 생겼다.

요즘 세상은 싫든, 좋든 내가 나를 알려야 하는 세상인가 보다. 가만히 집에만 앉아있어서는 결코 나를 알아주지 않는다. 처음 책을 써서 작가로 데뷔하고 싶은 이라면 책을 쓰고 있지 않아도 블로그나 SNS 활동은 필수다. 그러니 작가로서 데뷔하려는 이들은 자신이 쓰고 있는 책 관련 소식을 블로그나 SNS에 종종 올려야 하는 것은 두말할 필요도 없다.

그런데 종종 이런 이야기를 작가가 되려는 이들에게 하면 비교적 젊은이들 그리고 온라인에 친숙한 사람들은 "당연하죠!"라며 고개를 끄덕이지만, 나이가 좀 든 사람이나 온라인 활동을 해보지 않은 사람들은 자신이 없다며 "꼭 그렇게 해야 할까요?" 하며 반문을 하기도 한다.

그럼 그런 사람들에게 우리나라 출판시장의 특징에 대해 잠깐 얘기를 드린다. 우리나라는 특히 작가파워가 그 어떤 나라보다 심하다. 이 말은 책을 돈 주고 살 때 내용은 두 번째, 세 번째라는 말이다. 그래서 처음 책을 쓰려는 분들은 작가로서 독자에게 자신을 좀 더 알려야 한다.

"저는 이런 책을 쓰고 있어요. 이 책은 이런 내용이에요. 언제까지 쓰려고 생각중이랍니다." 이런 얘기를 블로그나 SNS에 올려보라는 얘기다. 그러면 예비 독자를 확보할 수 있을 뿐만 아니라 그들의 댓글이나 응원 메시지를 통해 책 쓰기의 쓸쓸함도 조금은 달랠 수 있을 것이다.

또 나 아닌 사람들에게 내가 책쓰기를 하고 있다고 말하면 "나도 책쓰고 싶었는데, 잘 됐다며 함께 쓰자"고 연락 올 사람도 있을 것이다. 함께 쓴다고 해서 공저를 쓰란 얘기가 아니다. 책쓰기를 시작하면 괜히 이것도 하고 싶고, 저것도 하고 싶은 흔들리는 나의 의지를 그들과 함께 붙잡아 보란 얘기다.

SNS

## 처음 책쓰기는 다이어트와 같다

"모모 씨 몸무게 찍은 사진 보셨어요?"

"네, 여자 연예인이 대단한 결심이죠. 그걸 자신 SNS에 올리다니!"

"그런데 진짜 그 연예인 몸무게인가요?

저는 그 연예인 남편 몸무게인 줄 알았어요."

"하하하."

얼마전이었다. 급히 갈 곳이 있어서 택시를 탔는데, 라디오에서 나온 얘기에 같이 택시에 탄 사람들 모두 '하하하' 웃고 말았다. 연말연시가 되면 다시 결심하는 게 있다. 바로 다이어트와 운동 그리고 영어공부. 여기에 책쓰기, 책 읽기도 더해서 도전하는 이들이 있다.

잠깐, 올해도 똑같은 일에, 똑같은 방법으로 도전하고 있다면 이번에는 방법을 조금 바꿔보자. 이는 같은 방법으로 올해도 좋은 결과를 얻지 못했다면 방법을 바꾸라는 뜻이자, 방법을 바꿔도 이뤄지지 않는 것이라면 올해는 그 목표는 과감하게 없애고 다른 목표를 세우란 얘기다.

여튼 이 책은 책쓰는 방법에 관한 책이므로, 올해 계획으로 책쓰기를 계획한 사람이라면 위 다이어트 내용처럼(이 연예인은 SNS에서 지금 몸무게보다 얼마만에 몇 킬로그램을 감량하겠다고 공약을 걸었던 모양이다) 어서 빨리 정확한 내용으로 SNS에 올리길 바란다.

아마도 연말연시가 아니어도 웬만한 사람들이라면 "어떤 책을 쓸 것이냐."라는 질문부터 친한 친구라면 "네가 책을 쓰다니 그 얘기는 책으로 나오기까지는 믿을 수 없다."는 등 다양한 댓글이 달릴 것이다.

이런 댓글은 책쓰기를 하다 보면 생기는 '언제 다 쓰지?' '과연 이 책을 다 쓰기만 하면 책으로 나올 수 있을까?' '내가 생각한대로 잘 쓰고 있는 걸까?' 하는 불안한 생각들을 잠재우는 효과가 있을 뿐 아니라, 매일매일 원고를 쓰기로 한 나 자신과의 약속을 지키는 데도 쏠쏠한 효과가 있을 것이다.

나 역시 가능하면 매일매일 원고를 쓰고 이런 내용을 SNS에 올리려 하지만, 생각보다 잘 이뤄지지 않고 있다. 이유는 너무 내 얘기, 그것도 같은 내용에 보는 사람들이 지겨워하지 않을까 싶은데, 사실 유명한 인스타그램이나 페이스북 페이지는 내용도, 사진도 같은 내용인 경우가 많다.

그러니 나 역시 이 책을 쓰는 동안만이라도 열심히 온라인상에 책을 쓰고 있음을 여러 사람에게 알려야겠다. 이때 주의할 점은 휴대폰으로 온라인 포스팅을 할 경우 이참에 '다른 사람들은 어떻게 사나' 하고 몰입하고 보지 말라는 것이다. 그러면 정작 책쓰기 온라인 포스팅을 하다가 원고 쓸 시간이 턱없이 모자라게 될 테니 말이다.

## 함께 쓰기가 어렵다면

"저는 주제랑 차례 다 잡아놨어요."

"와, 그럼 이제 쓰기만 하면 되겠네요. 그럼 우리 함께 써요!"

"같은 공간에서요? 저는 지금 해외인데요!"

"아, 그렇군요. 아쉽네요. 그럼, 책쓰다가 힘들다고 하면
서로 응원해주기로 해요."

12월 중순부터 책쓰기 책을 쓴다고 여기저기 알려놓으니 지인이자 페이스북 친구가 댓글로 관심을 보였다. 그래서 함께 쓰자고 하니, 자신은 지금 해외란다. 그래서 아쉽지만, 장소를 함께할 수 없으니 책을 쓰면서 지치고 힘들 때면 서로 응원이라도 해주자며 말을 맺었다.

함께 모여서 책을 쓰자고 말하면 많은 이들이 "같은 장소에서요? 다들 바쁜데, 함께 모이기가 힘들지 않을까요? 만약 하면 일주일에 몇 번 정도 하실 거예요?" 하고 되묻는다. 일주일에 몇 번 모일지는 함께할 사람들 시간에 맞추면

되는 것이라 말하면 고개를 끄덕이지만, 고개를 갸우뚱 거리는 부분은 같은 장소에서 각자 쓸 책 원고를 쓴다는 게 잘 이해가 가지 않는 모양이다.

하지만 글을 쓰면 쓸수록, 책을 만들어보면 볼수록, 지금처럼 책쓰기 원고를 쓰면 쓸수록 정작 사람들이 책을 쓰지 못하는 이유는 책 쓸 시간이 없어서 라기 보다는 그 시간에 다른 일을 하기 때문이다. 그러니 책쓰기에 꼭 필요한 시간을 공적인 일로 객관화시켜서 책 쓰는 시간을 확보하는 게 좋겠다는 생각으로 '책 함께 쓰기'를 말했던 것이다.

역시나 같은 시간과 공간에서 함께 쓰기는 어려웠다. 하지만 나는 내가 책을 쓰고 있음을 다른 사람들에게 알렸고, 시간과 공간은 다르지만 언젠가 책을 쓰다가 힘들 때면 응원받을 사람이 생겼다는 것에 조금은 만족스러웠다. 더불어 이 책이 나온 다음 책쓰기에 대한 얘기를 하면 이 '책 함께 쓰기'를 더 잘 얘기해야겠다는 생각도 들었다.

이런 생각이 들 쯤 서울에 대설주의보가 내렸다. 몇 년 만에 내린 눈 때문에 동네 사람들도 너나없이 나와서 눈을 치우는 모습을 볼 수 있었다. 눈이 이렇게 많이 오지 않을 때는 길거리에 사람도 그다지 많이 돌아다니지 않는 동네였는데, "왜 이렇게 눈이 많이 와서 눈을 치우게 만드는지 모르겠어요." "힘드시죠?" "일찍 나오셨네요."라는 대화가 오고 가며 눈을 치우는 모습을 보니 사람 사는 동네 같았다.

그렇다. 사람은 다 연결돼 있다. 요즘처럼 힘들수록, 그런 때 혼자 앉아서 내리 쓰고 쓰고 또 써야만 하는 책쓰기를 해야 한다면 집에서 혼자 쓰지 말고, 같이 쓸 사람이 없다면 같이 쓸 사람을 구해보고, 그도 정 안 되면 커피숍에서라도 나가서 사람 냄새 맡으면서 책을 써보는 것은 어떨까?

인터뷰 ❶

## 최종규 작가

# "글을 쓰는 사람이 되려면 누구나 '내 사전'이 있어야 합니다"

**작가님을 모르는 독자 여러분도 계실 듯해요. 잠깐 소개 부탁드려요.**

저는 한국말사전(국어사전)을 새롭게 쓰는 일을 합니다. 사전을 쓰는 사람은 이름이 안 드러나기 마련이라 예전에는 조용히 일했으나, 이제는 제가 하는 일을 즐겁게 밝혀요. 틀에 박히지 않은 사전을, 말을 새롭게 살리면서 생각을 키우는 사전을, 한국말을 한국말답게 쓰면서 서로 어깨동무하는 마음을 북돋우는 사전을, 시골하고 서울이 손을 맞잡고 상낭하며 사랑스레 주고받을 말을 다루는 사전을 쓰는 길을 걷습니다. 이렇게 사전짓기 일을 하며 읽고 살핀 책하고 자료로 저희 보금자리 곁에 '책숲집(도서관)'을 마련해서 꾸리기도 합니다. 사전을 짓고, 책숲집을 건사하고, 아이들을 돌보는 살림을 글로 여미어 《시골에서 책 읽는 즐거움》하고 《시골에서 살림 짓는 즐거움》을 쓰기도 했습니다.

이번 책은 <책쓰기 어떻게 시작할까>라는 제목을 달고 있는 책입니다. 쉽게 말해 책쓰기 그 중에서도 처음 책을 쓰는 사람들이 어떻게 하면 책쓰기를 두려워하지 않고, 잘할 수 있을지에 관한 책이에요. 작가님은 그간 많은 책을 내셨는데, 처음 책을 내야겠다고 마음먹었을 때 그것을 어떻게 행동으로 옮겨서 첫 책이 나왔나요?

저 스스로 제 길을 말씀드렸듯이 예전에는 사전을 쓰는 사람은 이름을 밝히지 않았어요. 사전은 흔히 '편집실'이나 '널리 알려진 감수자 이름'만 밝히곤 했지요. 이런 터전에서 일

하느라 굳이 책을 쓰자는 생각을 안 하고 살았어요. 숲을 베어 종이책을 더 내기보다는 누리집에 신나게 글을 올려놓아 누구나 언제나 볼 수 있도록 하자는 생각이었답니다.

그런데 어떻게 책을 냈을까요? 첫 책을 2004년에 냈는데요, 저는 사전짓기 한길을 걷기도 하지만, 이러한 길을 걷는 동안 오랜 책이나 자료를 헌책방에서 많이 찾고 얻어요. 그래서 이웃님한테 헌책방이라는 아름다운 책터를 즐겁게 살피고 마실하자는 뜻으로 '헌책방 사랑모임'을 꾸렸답니다. 1994년부터 동무하고 이웃을 이끌고서 헌책방마실을 다니고, 헌책방 길그림을 그려서 곳곳에 돌리고, 헌책방 소식지까지 묶어서 나누었어요.

이렇게 지내는데 어느 분이 어느 날 헌책방을 말하는 책을 내더군요. 처음에는 반갑게 그 책을 읽으려 했지만, 막상 그 책은 헌책방을 제대로 말하는 책이 아니더군요. 마음이 대단히 나빴습니다. 헌책방이라는 아름다운 책터를 얕보는 느낌이 짙은 책이 이 땅에 나온 모습이 아프고 씁쓸해서 '이런 판이라면 내가 헌책방을 말하는 책을 제대로 새로 써야겠다'고 다짐했고, 이 뜻을 누리집에 밝히니 곳곳에서 책을 내자고 찾아왔어요.

이제 출판사를 골라야 하는데, 큰 출판사는 책장사를 잘할는지 몰라도, 오래도록 아끼기는 어려우리라 여겼어요. 저한테 찾아온 분들하고 이야기를 하면서 이를 더 깊이 느꼈습니다. 이런저런 이름나고 잘나가는 출판사는 모두 손사래치고 아주 작은 출판사에 글하고 사진을 맡겼어요. 제가 글하고 사진을 맡긴 출판사는 제 나름대로 그 출판사에서 그동안 낸 책을 살펴서 '이런 멋진 출판사를 아직 이웃님이 잘 모르실 만하니, 내 책으로 이 출판사도 함께 빛날 수 있으면 좋겠다' 하고 생각했어요.

그리고 출판사를 골라서 글하고 사진을 맡길 적에 한 가지 틀을 세웠습니다. '제가 쓴 글은 모두 어제(예전) 글이 될 테니, 오늘(편집하는 동안) 이 글을 살피실 적에, 제 글 가운데 고쳐야 하겠구나 싶은 대목을 낱낱이 짚어서 알려 달라고 했어요. 그러면 그 대목을 살펴보고 고쳐야겠구나 싶은 데는 모두 고치겠다고 했습니다. 제 글을 고스란히 책으로 낼 생각을 안 했어요. 모든 글은 하루만 지나도 옛날 글이 될 테니, 날마다 새롭게 배운다는 마음으로, 출판사하고 여러 차례 글손질을 주거니 받거니 하면서 첫 책이 태어났습니다. 이다음 책도 모두 이러한 길을 거쳤어요.

저는 이 책에서 책을 쓰려는 이들이 '나는 왜 책을 쓰려 할까'라는 생각을 책쓰기에 앞서 해야 한다고 했어요. 더불어 작가로서 내 삶이나 생각들을 다시 한 번 돌아봐야 한다고 말했는데요. 작가님이 생각하시기에 예비작가님들은 어떤 마음가짐으로 책쓰기를 시작해야 할까요?

두 가지를 살피면 좋으리라 봐요. 하나는, '책쓰기를 생각하지 않기'예요. 꼭 책으로 낸다는 생각을 하지 말고요, 즐겁게 우리 삶을 가꾸는 길에 글을 얹는다고 헤아리면 좋겠어요. 더 멋진 글이나 더 이쁜 글이나 더 좋아 보이는 글이나 더 뛰어난 글을 쓰려고 하지 않기를 바라요. 우리 삶을 우리 나름대로 쓴다고 생각하면 된달까요.

맞춤법이나 띄어쓰기가 틀린다고 걱정하지 말아요. 맞춤법이나 띄어쓰기는 나중에 출판사 편집자가 훨씬 잘 볼 뿐 아니라, 따로 전문가한테 맡겨도 됩니다. 우리가 글을 쓰려고 한다면, 우리 이야기를 제대로 담는 데에 온마음을 쏟아야지 싶어요. 우리 이야기를 제대로 담지 못한 채 맞춤법이나 띄어쓰기만 빈틈없이 가눈다면 이런 글이 책으로 태어날 수 있을까요?

언제나 즐겁게 삶을 가꾸고, 즐겁게 살림을 짓고, 즐겁게 하루를 노래하고, 즐겁게 생각을 꽃피우다 보면, 어느새 글이 술술 흘러서 책 하나 부피만큼 모인다고 느낍니다.

다른 하나로, '책쓰기를 생각하기'입니다. 첫째하고 사뭇 다른 말일 텐데요, 어떤 글을 쓰든 '부피나 길이가 어느 만큼 되면 좋을까'는 먼저 살펴야지 싶어요. 얼거리를 다 짜서 글을 쓰지 않아도 되지만, 이를테면 꼭지마다 원고종이로 몇 장쯤 글을 쓸는지 살피면 한결 좋아요. 흘러나오는 대로 다 써도 좋은데, 흘러나오는 대로 쓰더라도 어느 길이를 넘으면 바로 끊고서, 새 꼭지로 쓰면 한결 나아요.

셈틀로 쓰든 종이에 쓰든 글잣수를 셀 수 있는 판짜임으로 글을 쓰면 '우리 마음에서 흐르는 이야기를 알맞게 간추리거나 가다듬는 길'을 수월하게 익힐 만하지 싶습니다. 이러면서 책 하나를 만들만한 부피로 글을 다 썼구나 싶으면, 처음부터 새로운 꼭지로 신나게 쓰면 되어요.

처음 책을 내려는 이들에게는 자신에게 맞는 출판사 선택도 굉장히 중요한 일이지만, 많은 분들이 출판사를 잘 모르기에 문턱이 높고 쓰는 용어들도 어렵고 낯설다고 해요. 이런 분들은 출판사 선택은 어떻게 해야 할까요?

우리한테 맞는 출판사는 우리가 스스로 찾아야지 싶습니다. 출판사에서 먼저 연락이 와서 책을 내어도 좋으나, 우리가 '책을 사랑하는 사람'으로서 '우리 스스로 그 출판사 책을 즐겁게 사서 읽고 건사하는가 아닌가'를 곰곰이 따져야지 싶습니다. 책을 내고 싶은 출판사는 글을 쓰는 우리 스스로 먼저 찾고 가꾸면 된다고 생각해요. 출판사마다 책을 내는 결이 다르고, 책을 엮는 매무새가 달라요. 우리가 먼저 우리 마음에 맞는 출판사를 잘 살펴서 그곳에서 내는 책을 사서 읽다 보면, '그곳에서 내고 싶은 우리 책'을 어느 만한 부피로 묶고, 어느 만한 길이로 자르며, 어느 만한 눈높이로 갈무리할 적에 좋겠는가를 시나브로 깨달을 수 있습니다.

출판사가 지은이를 키우기도 하지만, 지은이가 출판사를 키우기도 합니다. 출판사가 독자를 이끌어 내기도 하면서, 독자가 출판사를 이끌어 내기도 해요.

첫 책을 내고 계속 책을 내는 작가들이 있는가 하면 그렇지 않은 분들도 있는 듯해요. 작가로서 책을 계속 내기 위해서는 어떻게 해야 할까요?

언제나 하루하루가 새로운 날이라는 마음이면 넉넉하지 싶어요. 언제나 하루하루가 새로운 날인 줄 온몸으로 깨닫는 나날이라면, 우리가 쓰는 글도 날마다 새롭게 태어나는 결이나 흐름으로 피어나도록 가꿀 수 있습니다. 어제까지 쓴 글에 매이지 말고 오늘부터 새롭게 쓰면 된다는 마음이라면, 우리 삶은 늘 새로울 테고, 우리 삶이 늘 새로울 적에는 우리가 쓰는 글도 늘 새롭기 마련이라, 우리는 첫 책 뒤로 꾸준하게 새로운 책을 쓸 수 있어요.

끝으로 질문에는 없지만 예비작가님들에게 선배작가님으로서 하시고 싶은 말이 있다면 어떤 말일까요?

사전을 읽어 주셔요. 비록 우리 한국말사전이 거의 모두 엉터리 말풀이로 가득하다고 할 수 있지만, 그래도 사전을 읽어 주셔요. 사전에 흐르는 돌림풀이하고 겹말풀이를 깨달으면서 한숨을 쉬어도 좋고, 우리 나름대로 사전 뜻풀이를 바로잡아도 좋습니다. 이렇게 하면서 '우리가 쓰는 말을 우리 나름대로 제대로 풀이한 사전'을 공책에 찬찬히 적어서 엮을 수 있어요.

글을 쓰는 사람이 되려면 누구나 '내 사전'이 있어야 합니다. 그동안 나온 우리 한국말사전은 새로운 뜻풀이를 제대로 못 담기 일쑤이고, 새로 태어나는 말마저 제대로 안 담기 일쑤입니다만, 글을 쓰는 사람으로서 알맞고 사랑스러우며 즐겁고 재미난 말을 꾸준히 짓거나 가꾸면서 '내 사전'을 엮다 보면, 우리는 늘 새롭게 글을 쓸 수 있습니다.

제가 하는 일이 사전짓기이기에 제가 쓴 사전이 여럿 있기도 해요. 제가 쓴 사전을 읽으시면서 기쁘며 재미있게 배우실 수 있고, 제가 쓴 사전에서도 아쉽거나 모자라구나 싶은 대목을 느끼시면 이러한 대목을 신나게 보태거나 손질하면서 생각과 말과 삶을 지피실 수 있으리라 생각합니다. 고맙습니다.

중간

# 책쓰는 아름다운 시간

# 왜 매일 써야 할까

"책은 잘 쓰고 계세요?"

"아, 네……."

"탈고하신다는 날짜가 얼마 남지 않았던데요?"

"그러게요. 너무 짧게 잡았나 봐요.

그래도 매일 쓰고는 있어요."

잠시 우리가 매일 무얼 하고 있는지 써보자. 일어나기, 씻기, 밥먹기, 일하기, 청소하기, 잠자기. 여기에 사람에 따라 운동을 넣는 사람도 있겠지만, 처음 책을 쓰고자 하는 사람이라면 무엇을 넣어야 할까? 맞다. 원고쓰기를 넣으라고 말하고 싶다.

무언가 매일 하는 것에는 힘이 있다. 매일 무언가를 하면서 그것을 머리와 몸으로 익힌다. 몸으로 익힌 것은 머리로만 익힌 것보다 오래 기억한다. 그리고 그것을 습관으로 만들기 쉽다. 어떤 방송에서 잘 지켜지지 않는 습관이 있다면 자신이 매일매일 하는 일 앞뒤로 그 일을 붙여보면 습관으로 만들기 쉽다는 얘길 들었다. 그렇게 말하는 그 연예인은 자신은 부모님께 전화하는 일을 잘 못하는데, 어느 날부터 방송 촬영에 들어가기 전에 부모님께 전화를 하기 시작했고, 이렇게 몇 번을 반복하자 이제 자연스럽게 부모님께 전화를 한다고 했다.

책쓰기도 마찬가지다. 당차게 '아, 나도 올해에는 책을 쓸테야!' 하고 며칠 동안 그럭저럭 즐거운 작가놀이에 빠졌다가도 대부분 삼일이나 일주일이 지나면, "역시 책쓰기는 어려워." 하며 그만 책쓰기를 포기하는 사람이 많다. 이렇게 한해가 가고, 또 한해가 다가와도 내게는 내 이름으로 된 책 한 권 남아있지 않다.

외롭고 힘든 시간이 있어야 책이 나온다. 그나마 지금 얘기하려는 것처럼 매일매일 조금이라도 책쓰기를 멈추지 않는다면, 이 책처럼 단 몇 달만에 나오지는 않겠지만, 어느 정도 시간이 흐르면 내 이름으로 된 책 한 권을 만나볼 수 있게 되리라.

그러니 매일 쓰는 것이 중요하다. 어떤 사람은 나중에는 과학이 발달해서 내 머릿속을 읽어주는 컴퓨터가 나와서 자판에 손만 대도 글을 쓰게 되는 날이 올거라고 하지만, 지금은 그저 매일매일 쓰고 또 써서 내가 쓰고자 하는 책에 다다를 수밖에 없다. 운동하는 것처럼 매일매일 책을 써서 책쓰기 근육을 늘려보자.

## 매일 쓰지 못한다면

"어떻게 매일매일 글을 써요?"

"그렇죠? 그런데 쓰기 시작하면 또 금방 익숙해져요."

"정말요? 믿겨지지 않는데요?"

"에이, 제가 전에도 말씀드렸잖아요.

작가라면, 작가가 되려는 분이라면 매일 밥을 먹듯,

매일 글을 써야 한다고요."

그럼에도 불구하고, 매일 책쓰기를 하지 못한다면 어떻게 해야 할까? 나름대로 생각하고, 정말 책을 쓰고자 하는 사람이라면 자신 생활을 다시 한 번 돌아볼 필요가 있다. 앞에서도 얘기했지만, 주변 정리를 할 필요가 있는 사람이라면 주변 정리도 하고, 사람 정리가 필요한 사람이라면 사람 정리도 해야 한다.

그래야 책쓰기를 하는 데 있어서 가장 중요한 '시간'이 생긴다. 하루 24시간, 일주일은 7일, 일 년 365일은 누구에게나 똑같다. 다만 이 시간을 어떻게 보내느냐에 따라, 특히 책을 처음 쓰고자 하는 사람은 이 시간을 어떻게 보내느냐에 따라 책을 쓸 수 있는 사람과 그렇지 않은 사람으로 나뉜다.

이 책 〈책쓰기 어떻게 시작할까〉도 벌써 중간에 들어섰다. 그간 종종 처음 책을 쓰는 사람일수록 빠른 시간 안에, 혼자가 아닌 함께 책쓰기를 할 필요가 있다고 말해왔다. 그러기에 매일 책을 쓰지 못하는 사람이라면, 왜 그런지 생각해보고 자신의 계획을 수정할 필요가 있다. 세월아, 네월아 하며 너무 여유롭게 작가놀이에 심취해 있는 것은 아닌지 또는 '난 나 혼자 글을 쓰는 게 좋아' 하며 그 시간에 딴 일만 하고 있지 않은지 살펴볼 일이다.

그러니 책을 쓰자고 마음 먹은지 좀 오래된 것 같은데 아직도 주제와 차례를 잡고 있고 원고는 채 다섯 꼭지도 쓰지 않았다면 지금이라도 늦지 않았다. 자신이 이러이러해서 책을 쓰려고 한다고 주변 사람들에게 알려라. 그러면 반응이 있는 사람들이 있을 것이고, 그 사람과 함께 약속을 잡고 함께 책쓰기를 해보자.

더불어 자신이 쓰고 있는 주제와 글쓰기 방법이나 환경에 문제는 없는지 살펴보자. 정작 책쓰기가 재미있다면 무엇인가 매일 쓰는 일은 생각보다 쉽게 익혀진다. 〈글쓰기 어떻게 시작할까〉에도 말한 바 있지만, 어떤 글이든 21일 동안만 꾸준히 글을 쓴다면, 어느 날 글을 쓰지 않고 잠자리에 드는 날이면 뭔가 내가 꼭 해야 할 일을 하지 않은 허전한 느낌이 들 것이다.

이렇듯 사람은 글을 쓰는 것을 좋아한다. '난 세상에서 글을 쓰는 게 제일 싫어' 하는 사람도 정작 어떤 글이든 21일 동안만 쉬지 않고 글을 써보자. '아, 내가 제법 글 쓰는 걸 좋아하네' 하는 생각이 들 것이다.

하지만 자신이 잘 알지도 못하는 주제에 대해 억지로 책을 쓰고 있다면 그것은 책이 아니라 논문쓰기와 같은 생각이 들기에 재미있을 수가 없다. 자연스레 재미가 떨어져서 매일 쓰기가 어려워진다. 또 살펴볼 것은 글쓰기 방법이다. '글쓰기에 무슨 방법이 있겠어. 그냥 쓰면 되는 거 아냐?' 하는 사람이라면, 크게 다시 한 번 생각해 볼 일이다. 더군다나 책을 쓴다는 사람은 글쓰기 연습 과정을 꼭 거쳐야 한다. 글쓰기 환경도 중요하다. 처음 책을 쓰는 사람일수록 되도록 같은 시간과 공간에서 글을 쓰는 것을 권한다. 그 이유는 쓰다 보면 자연스럽게 알게 될 것이다.

## 하루에 A4 1장을 쓴다는 생각으로

"매일 책을 쓰면 하루에 보통 몇 장 정도 쓰세요?"

"저는 A4 3장을 쓴다는 생각으로 시작했어요.

그런데 요새 며칠은 하루에 한 장도 제대로 못 썼네요."

"A4 3장이요? 처음 쓰는 사람에게는 좀 많은 거 같은데요?"

"네, 처음 쓰시는 분들은 A4 1장 정도 쓰시면 좋을 거 같아요."

매일 책을 쓴다고 하니 하루에 어느 정도 원고를 쓰냐는 질문이 많다. 대체 어느 정도 원고를 쓰는지 내심 궁금한 모양이다. 나 역시 책을 쓰기 전에는 작가들의 이런 시시콜콜한 것들이 궁금할 때가 있었다. 더불어 '왜 작가들은 비슷비슷한 주제로 왜 그렇게 계속 책을 쓰나' 하는 생각이 들곤 했다.

나 역시 〈글쓰기 어떻게 시작할까〉라는 작은 책이지만 첫 책을 세상에 내놓고 보니 그런 궁금증은 눈 녹듯 사라졌다. 먼저 '작가들은 하루에 원고를 얼마나 쓸까?' 하는 질문은 어떤 분야 작가인가에 따라 그 차이가 많이 난다. 두 번째, '왜 비슷비슷한 주제에 대해 계속 책을 쓸까?' 하는 질문은 그런 궁금증이 드는 사람이라면 책을 내보면 알 수 있다고 답해주고 싶다. 엉뚱한 답변처럼 들리지만 한 번이라도 비슷한 경험을 해본 사람은 이 말을 알아들을 것이다.

사실 전업작가라 해도 일 년 365일 하루도 쉬지 않고 글을 쓰는 일은 어렵다. 나 역시 이 책을 쓰자고 계획을 할 때는 일요일만 쉬자고 마음을 잡았지만, 연말연시 덕택에(?) 쓰지 못한 원고를 일요일까지 가져와서 밀린 원고를 쓰기 일쑤였다.

정리해서 말하자면 처음 책을 쓰는 사람이라면 조금은 촘촘하게 책쓰기 일정을 짜는 게 좋다. 그리고 매일 A4 1장 이상은 써야 한다. 그래야 그 시간 동안만이라도 책에 대한 흐름을 놓지 않고 몸과 마음이 책을 쓰는 자신을 기억을 하기 쉽다. 한마디로 글쓰는 작가로서의 자신의 모습에 익숙해진다. 아무리 익숙한 일도 며칠 동안 손을 놓으면 낯설다. 처음 책을 쓰는 사람이라면 자신의 첫 책을 쓰는 동안 작가가 되는 중이라는 것을 잊지 말자.

# 차례는 차례다

"차례대로 쓰는 거 너무 힘들지 않으세요?"

"그렇죠. 그런데 꼭 차례대로 쓰지 않으셔도 돼요."

"진짜요? 그럼 나중에 뒤죽박죽 될까봐……."

"괜찮아요. 쓸 수 있는 것부터 써도요."

책을 쓸 때 자신이 잡은 차례대로 꼭 원고를 써야 하냐고 묻는 이들이 꽤 있다. 나는 그런 질문에 그렇지 않다고 답해준다. 물론 차례대로 술술 잘 써지면 그대로 그렇게 차례대로 잘 쓰는 게 좋다. 하지만 처음 책을 쓰는 사람이라면 열 사람 중 여덟 사람은 그렇게 잘 써지지 않을 것이다.

그럼 어떻게 해야 할까? 안 써지는 곳은, 자료가 부족한 곳은, 좀 시간이 걸리겠다 싶은 곳은 그저 건너뛰고 다음에 쓰면 된다. 물론 그런 곳이 너무 많으면 안 되겠지만 말이다. 느낌상으로는 한 다섯 꼭지를 쓰는 데 한 꼭지 정도가 그렇다면 그 꼭지는 건너뛰고 써도 되지 않을까 싶다.

차례는 차례다. 차례에 너무 얽매일 필요는 없다. 하지만 책에서 차례만큼 중요한 곳도 드물다. 그 책을 한눈에 파악할 수 있는 곳이자, 어떤 책은 차례만 봐도 그 책을 거의 다 읽은 것과 다름없는 책도 있다. 물론 분야에 따라 차례를 단출하게 잡는 책도 있다. 하지만 대부분 책들은 최대한 책 내용을 잘 드러나게, 어떤 책들은 내용을 부풀려서 차례를 잡기도 한다. 그만큼 차례가 책을 장만하는 데 있어 중요한 역할을 하기 때문이다.

나 역시 책을 볼 때면 표지를 살피고, 차례를 열어서 가장 읽고 싶은 차례 제목부터 책을 읽곤 한다. 생각해보면 책읽기를 좀 느긋하게 하지 못하고, 시간에 쫓기면서 해서 그런 듯한데, 이런 책읽기 또한 장단점이 있긴 하다.

또 차례를 잘 살펴보면 책마다 재미난 것을 발견할 때도 있다. 문학쪽은 여백의 미가 살아있는 한편의 수묵화 같고, 실용서는 잘 짜여진 엑셀처럼 딱 맞아떨어지는 느낌이다. 그래서 소설이나 에세이 같은 책을 볼 때면 차례와 붙어있는 작가의 들어가는 말(특히 내가 좋아하는 작가일 경우에는 특히)을 읽을 때면 가슴이 콩닥 콩닥거릴 때도 있다.

어쩌면 차례를 포함해서 책 제목, 책 부제, 작가의 말이 그 책을 다 말해주는 것인지도 모른다. 그게 시라면 그 안은 소설이라고 해야 할까? 그래서 책을 만들 때 이런 면에서 독자의 눈높이를 잘 맞추려고 한다. 독자의 눈높이는 책을 만드는 출판사만 맞출 일이 아니다. 애초 책을 쓰는 사람, 특히 처음 책을 쓰는 사람이라면 내 책을 읽었으면 하는 사람을 책을 쓰는 내 앞에 데려다 놓을 수 있어야 한다. 그 독자의 눈높이에 맞춘 차례가 필요하다. 이런 의미에서 차례는 내가 글을 쓰는 순서는 아니다. 차례는 독자들이 이 책을 어느 것부터 읽을지 찾아보는 곳이다.

## 대충 쓰란 말은 아니다

"보면 책쓰기를 너무 쉽게 말씀하시는 거 같아요.

막상 쓰면 너무 어려운데 말이죠."

"그래요? 쉽고 가볍게 쓰는 게 좋아요. 거기에 재미까지 있으면

더 좋겠지만요."

"그런데 가볍게 쓰기가 더 어려워요."

"네, 어디든 힘빼기가 어렵죠."

앞에서 내가 선무도를 꾸준히 하고 있다고 말한 적 있다. 선무도 수련 중에 법사님(사법님)은 종종 힘빼기 중요성에 대해 설명하신다. 무엇을 하든 힘빼기가 중요한가 보다. 나 역시 선무도를 오래 하고 있지만, 법사님으로부터 항상 힘을 더 빼라는 얘기를 듣곤 한다. ""정하 님은 힘을 잘 못 빼는 거 같아요. 힘을 더 빼야 해요. 그래야 호흡을 느낄 수 있어요."

'힘을 빼야 호흡을 느낄 수 있다'는 말은 책쓰기에도 적용된다. 굳이 따지자면 글쓰기에 해당하는 말일 듯하지만,

글을 모은 것이 책이니 책쓰기에도 적용된다고 할 수 있다. 힘을 빼면 글이 자유롭다. 어디에 얽매여 있는 것들은 어떤 것이든 딱딱하다. 딱딱하면 숨을 쉬기가 어렵다. 글도 마찬가지다. 딱딱하고 건조한 글들을 읽으면 리듬감이 전혀 없다. 그런 글일수록 또 길다. 어디서 쉬어야 할지 알 수 없다. 도통 글에서 숨쉬기가 어렵다.

반면 어떤 글들을 보면 참 편안하다는 느낌이 든다. 밥상으로 따지자면 밥과 몇 가지 반찬으로 차린 상이지만, 참 깨끗하고 하나하나 정성이 들어간 것처럼 보인다. 글도 그런 글을, 책도 그런 책을 써야 한다. '내가 너무 아는 게 많아서요. 제가 좀 자랑할 게 많아요.' 하면서 잘난 체하며 써놓은 책들은 MSG 가득한 맛이다. 처음은 맛있을 지 몰라도 다음에는 먹고 싶지 않다.

힘이 들어간 글은, 책은 글을 많이 써보지 않은 사람들 글 중에서 그것도 자기 생활이나 경험이 없는 글에서 발견된다. 어느 술자리에서 최종규 작가님이 했던 말이 생각난다. "요새 작가들 글은 너무 힘이 들어가 있는 것 같아요. 옛

날 작가들은 쉬엄쉬엄 집안일도 하고, 자기 일도 하면서 글을 써서 그런지 얘기들이 훨씬 재미있어요. 자기가 사는 곳 사투리도 쓰면서 글을 쓰곤 했는데, 지금 작가라고 하는 사람들은 직업으로써(돈을 버는 구실로써) 글을 써서 그런지 힘이 들어가 있어요."

이 얘기를 들을 때 속으로 '나는 살림도 하고, 아이도 키우고, 책도 내고, 책도 쓰니 글이 엄청 말랑말랑하겠다'는 생각을 했다. 그러나 그것은 내 생각일 뿐, 책을 하루라도 빨리 쓰려고 조급증을 내는 내 자신을 종종 발견하곤 한다. 조심하자, 책을 쓰는 내 마음이 어떤지 살필 줄 알아야 한다.

## 내가 쓸 수 있는 것과 없는 것

"책을 쓰다 보면 어느 순간 턱하고 숨이 막혀요."

"왜요?"

"이 얘기를 정말 내가 쓸 수 있을까 하는 생각이 불현듯 들어서요."

"맞아요. 그럴 때가 있지요."

소설 같은 문학작품을 쓰지 않아도 처음 책을 쓰는 사람이라면 내가 짜놓은 구성대로 책을 술술 쓰기란 쉽지 않다. 쓰다 보면 '이 얘길 내가 정말 잘 쓸 수 있을까?' '어쩌다 이런 얘길 쓴다고 했을까?' 하는 생각이 들 때가 있다. 그럴 때는 잠시 책쓰기를 멈추고 곰곰이 생각을 해야 할 때다.

대부분 그럴 때는 내가 맞지 않는 옷을 입겠다고 하는 것과 같다. 아니 내가 어울리지 않는 옷을 입겠다고 하는 것과 같다고 하는 게 더 맞겠다. 세상 수많은 주제 중 그 주제로 책을 쓰겠다고 하는 사람은 나이지 않은가? 그러니 나 자신을 잘 바라볼 줄 알아야 한다.

‘내가 쓰겠다고 한 주제는 내가 과연 감당할 수 있는 주제인가?’ ‘내가 짜놓은 구성은 그 주제를 다 드러낼 수 있는가?’ ‘더불어 내가 책을 쓸만큼 마음이나 자료 준비가 됐는가?’ 등을 자신에게 물어보자. 그랬을 때 웬만큼 내 마음이 그렇다는 답을 들려주면 그때부터는 두 말 없이 그저 엉덩이를 의자에 붙이고 책을 쓰면 된다.

그래도 사람인지라 쓰다 보면 이런저런 의문이 들게 되고, 계획했던 대로 원고 진도가 나가지 않을 것이다. 그럴 때면 그간 원고를 다시 한 번 처음부터 보면서 원고 곳곳에 자신 얘기를 넣어보자. 원래 책쓰기는 자신을 정면으로 보여주는 일이다. 그렇지 않은 분야도 있지만 웬만한 책은 자신 얘기를, 적절한 장치를 통해 잘 들려주는 것이라 생각한다. 적절한 장치란 대화, 생각, 그림으로 그려지도록 상세한 설명, 자신의 경험, 남에게 들은 것을 내가 다시 한 번 생각해보고 쓰는 것을 말한다.

나 역시 이 책을 쓰면서 대화 내용으로 시작해서 그것을 다시 한 번 풀어주는 방향으로 원고를 진행하고 있다. 물론 중간중간 생각이나 내 경험 등도 넣고 있다. 경험 얘기가 나왔으니 한마디 하자면, 어떤 책들을 읽으면 이 책 어디에서 읽은 것 같은데 하는 책들이 있다. 그런 책일수록 그 작가만의 고유한 경험이나 생각이 없는, 다른 책들이나 말들을 가져와서 자기 생각 없이 늘어놓은 책인 경우가 많다.

물론 이렇게 책을 쓴다면 발간되기도 어렵고, 설사 발간된다고 해도 다음 책을 쓰기가 무척이나 어려울 것이다. 이유는 간단하다. 자기 얘기와 생각이 없기 때문이다. 그래도 책인데 책을 펴봤을 때 얘기도 풍부하고, 외국 사람 말도 인용하면서 내용이 풍부한 책이 좋지 않냐는 질문을 하는 사람도 있다. 이런 분들에게 나는 그런 책보다 작가의 솔직한 얘기가 담겨져 있는 책이 좋다고 답한다.

많은 사람들이 책을 읽는 이유는 어쩌면 어떤 정보나 사실을 알기보다는 '저 사람(작가)은 어떤 사람일까?' '그가 쓴 책은 어떤 책일까?' 하고 궁금해서 책을 읽는 것인지도 모른다.

## 메모하자

"작가님은 어떻게 그렇게 책을 자주 내세요?"

"저는 그날그날 제가 새롭게 알게 된 것들을 이 공책에 써놓아요.

그리고 가능한 매일 글을 쓰려고 해요.

만약 그날그날 쓰지 못하면 가끔 몰아서 쓰기도 해요."

2분 동안 아무 생각을 하지 않는다면 도를 이룬다고 한다. 명상이란 것을 좀 해보면 알겠지만, 사람은 생각이 참 많다. 그 때 드는 생각은 쓸 데 없는 것일까? 우스갯소리지만 책을 쓰려고 마음 먹으면 아무런 생각이 나지 않으니 책을 쓰며 도를 닦아야 할 모양이다.

그때그때 드는 느낌, 생각들을 기록하는 것은 중요하다. 특히 책을 쓰려는 이들, 무언가 만들어내려는 이들에게는 꼭 필요한 작업이다. 메모의 중요성에 대해서는 전편 〈글쓰기 어떻게 시작할까〉에서도 말한 바 있다. 그런데도 다시 한 번 이렇게 다시 메모하자고 외치는 것은 메모가 책쓰기에 있어서 그만큼 중요하기 때문이다.

메모를 할 때 요즘 사람들은 휴대폰에 메모하는 것을 즐긴다. 나만 해도 한달 일정을 휴대폰 메모장에 하고 있다. 한 달 중 매번 반복되는 것은 위에, 날마다 달라지는 일정은 아래에 정리하고 있다. 더불어 다이어리를 활용해서 중요한 프로젝트 일정 등을 관리하고 있는데, 생각해보니 그런 이유에는 내 손에 만져지고, 다른 메모들도 같이 할 수 있는 공간 즉 자유로움에 있는 듯하다.

메모하는 곳이야 어떠하든, 책을 처음 쓰려는 이들에게 권하고 싶은 메모법은 온오프라인을 동시에 활용하라고 말하고 싶다. 이유는 온라인에 더 적합한 메모가 있고, 오프라인에 더 적합한 메모가 있기 때문이다.

사람은 생각은 많지만, 그 생각을 다 붙들고 있을 수 없다. 그러기에 책에 필요한 생각들은 메모로 그때그때 남겨둬야 한다. 메모는 짧지만 힘은 굉장하다. 메모를 해본 사람들은 공감하리라. 메모는 한마디로 씨를  뿌리는 일이다. 그 씨가 정보나 경험 등 거름을 받아 글도 되고, 책도 될 수 있는 것이다.

## 공책을 만들자

“와, 다이어리가 엄청 두꺼워요.”

“네, 계속 쓰려고 커버를 제가 만들었어요.

내지가 필요할 때면 그때그때 끼워넣으면 돼요.”

“그럼 이제 대표님을 파악하려면 이 다이어리 한 권이면 되겠어요.”

“하하하, 그런가요?”

모 배달업체 대표와 나눈 대화다. 꽤 오래됐지만 아직도 그 다이어리가 눈에 선하다. 나는 좀 진득한 면이 없어서 그런지 어떤 것을 꾸준히 모으는 것을 잘 하지 못하는 편이다. 하지만 앞서는 사람들은 그 나름대로의 무언가를 갖고 있는 듯하다. 그 무언가가 이 대표에게는 몇 십 년 전과 지금과 몇 십 년 후를 기록할 수 있는 다이어리가 아니었을까 싶다.

하지만 사람에 따라 이렇게 두꺼운 다이어리만 좋은 것은 아니다. 필요에 따라 메모할 수 있는 얇은 공책을 갖고 다니는 사람도 있다. 최종규 작가도 그런 사람 중 하나다. 최

작가 메모는 작가와의 만남을 할 때도 계속 된다. 그날그날 새롭게 알게 된 것을 다 써놓는다는 메모 원칙처럼 작가와의 만남이나 다른 사람을 만나면서도 새롭게 알게 된 사실, 알아야 할 것들에 대해 적어놓는다고 했다. 나는 여태 작가와의 만남 같은 행사를 하면서도 이렇게 메모를 열심히 하는 작가는 보지 못했다.

나도 공책 한 권으로 메모를 하고 싶다. 아니면 공책에 구분을 둬서 메모를 하는 것도 좋겠다는 생각이 든다. 여하튼 방법이야 하다 보면 자신에게 맞는 메모법이 생겨날 테니, 일단 오늘부터라도 공책을 마련하고 메모를 시작하는 것이 중요하다.

이렇게 책쓰기를 위해 별도 공책을 마련해서 메모하는 것도 중요하지만 책쓰기를 위해 차례를 잡다가 혹은 원고를 쓰다가 갑자기 하는 메모도 중요하다. 차례를 잡고 그 차례에 맞춰 어떤 내용을 쓸 것인지 메모를 해놓으면 소제목도 빨리 정할 수 있고, 그때마다 원고쓰기에 더 빨리 들어갈 수 있기 때문이다.

얼마전 인스타그램에서 우리 출판사 〈서른 여행은 끝났다〉 박현용 작가가 시나리오 쓰는 작업 환경을 올린 사진 한 장을 보았다. 방 창문에 포스트잇을 잔뜩 붙여놓은 모습이 보였다. 그래서 시나리오를 써본 선배에게 물어보니, 시나리오는 약간 수학적인(?) 글쓰기여서 그런 작업이 필요하단다.

언제부턴가 나는 단편소설을 쓰고 싶다는 생각을 하고 있는데, 아직까지 쓰진 못했다. 올해까지는 단편소설을 어떻게 써야 하는지 공부를 해보고, 어찌됐든 꼭 한 번 단편소설을 쓰고 싶다. 메모 얘길 하다가 소설 얘기까지 나왔는데, 이 외에도 메모는 책을 쓰고 글을 수정하는 교정교열 작업에도 필요하다. 교정교열을 할 때에는 교정지에 직접 메모를 해서 수정을 하는 방법도 있고, 메모지를 활용해 수정을 하는 방법도 있다.

## 하루를 메모하다

"메모는 잘 하세요?"

"그럼요. 그래봐도 저 대학 때까지 일기를 꼬박꼬박 썼어요."

"정말요? 일기 쓰는 거 쉽지 않은데, 대단해요. 아, 그럼 그걸 좀 책쓰기에 활용해봐도 좋을 거 같은데요."

매일매일 무엇인가 하는 사람들은 무엇을 하든 그것을 이루기 쉽다. 책을 쓰려는 나 자신에게 물어보자. 매일매일 내가 무엇을 하고 있는지 말이다. "저는 매일매일 숨을 쉬고, 먹고, 자고 그리고 회사에 나가요." 하는 사람은 그 안에 그 사람의 힘이 있다고 보면 된다. 물론 책으로 쓸 거리도 그 안에 있다.

매일매일 무엇인가 하고 매일매일 그것을 기록하는 일기를 쓴 사람이라면 그것으로 책 한 권을 만들면 어떨까? 〈글쓰기 어떻게 시작할까〉에서도 말했지만, 어떤 작가는 습작 과정 없이 매일 일기를 쓴 것만으로 등단을 했다고 한다.

그만큼 매일매일 무엇을, 그것도 글을 쓰는 것은 굉장한 일이다. 그런 굉장한 일을 그저 추억으로만 남겨둘 일이 아니라, 책을 쓰려는 사람들은 그런 귀한 기록을 다시 한 번 잘 살펴볼 일이다.

더불어 글을, 책을 쓰려는 사람들은 오늘부터라도 자신 하루를 메모해보자. 한때 글쓰기 수업을 하면서 했던 말이 떠오른다. "어떤 일이든 재미가 있어야 꾸준히 할 수 있어요. 글쓰기가 어렵고, 지루하다면 매일 조금씩 방법을 바꿔서 글을 써보세요. 예를 들면 그런 거예요. 늘 가던 출근길에서 조금 벗어나서 다른 길을 선택하면 그때부터 출근길이 아니라 어떻게 생각하면 작은 아침여행이 되듯, 매일 글쓰는 것도 오늘은 내가 소설 작가로 도시 풍경을 써보고, 다음 날은 기자로 아침 출근 표정을 담아본다든지 하는 거예요. 그러면 좀 더 살아있는 글쓰기, 책쓰기가 되지 않을까요?"

사람은 마음먹기에 달려있다. '글쓰기도 잘 못 하는 내가 무슨 책쓰기를 한다고 이럴까?' 하는 부정적인 생각만

하면 책쓰기를 영영 할 수 없다. 계속 말하지 않았는가? 글쓰기를 잘 하는 사람도 책쓰기를 못할 수 있고, 글쓰기를 못하는 사람도 책쓰기를 잘할 수 있다고. 책쓰기에 있어서 글쓰기를 잘하고, 못하고는 조금 불편함과 더딤을 감내하면 되는 문제다. 물론 이것도 어느 정도다. 자신이 생각해도 '나는 글쓰기를 조금 더 한 후에 책쓰기를 해야 할 거 같아.' 하는 사람들은 언제라도 늦은 때는 없다. 지금부터라도, 오늘부터라도 방금 말한 것처럼 즐겁게 책쓰기를 위한 글쓰기를 시작해보자.

그래도 매일 글쓰기가 어렵거든, 하루 메모가 어렵거든 휴대폰에, 공책에, 수첩에 어디에든 오늘을 말해주는, 오늘 쓰고 싶은 글에 대한 키워드라도 적어놓자. '이 순간을 어떻게 잊겠어. 이런 것은 써놓지 않아도 돼.' 하는 생각보다는 나중에 글감이 될만한 것들은, 그런 분위기는 휴대폰 사진이라도 남겨두자.

# 너무 완벽하게 쓰지 않아도 된다

"저는 한 꼭지를 쓰는 데 시간이 너무 많이 들어요."

"얼마나 걸리는데요?"

"관련된 자료도 찾고, 정작 그걸로 원고도 써야 하니 시간이 꽤 걸리는 거 같아요."

책은 논문이 아니다. 관련 기사나 인물을 만나고 영화를 봐서 해결될 일이 아니다. 물론 관련된 자료를 찾지 말라는 소리는 아니다. 그런 자료를 내 것으로 만드는 일이 더 중요하는 얘기다. 요즘 세상이야 관련 정보는 컴퓨터가 다 알려준다. 그런 때에 매일매일 업데이트가 가능한 컴퓨터 정보와

초판 1쇄를 다 팔아야 다시 찍을 수 있는 책과 경쟁을 한다면 어떤 부분으로 승부를 내야 할까? 다른 것은 모르겠고, 일단 단순 정보가 중요한 것은 아니라는 얘기다.

그럼 어떤 것으로 내가 쓰려는 책이 컴퓨터와 경쟁해야 할까? 나는 그런 면에서 앞에서도 줄곧 얘기해왔지만 작가 자신만의 얘기라 생각한다. 우주에서 유일한 나, 그런 내가 겪은 얘기들을 잘 엮으면 그것은 세상 하나밖에 없는 얘기가 된다. 그렇기 때문에 주제와 관련된 자료를 찾고, 장소에 가보고, 사람을 만나봐도 그것은 하나의 글감 밖에 되지 않는다.

글을 좀 쓴다는 아는 선배와 그런 얘기를 나눈 적이 있다. 어떤 사람은 글을 쓰기 위해 사는 곳을 떠나서 꼭 다른 곳에 가서 쓴다더라. 왜 그런거냐고 물으니, 자신도 예전에는 그런 적이 있지만, 별로였단다. 별로라는 말은 자신은 글을 그렇게 많이 쓰지 못했다는 소리다. 왜 그랬냐고 물으니, 사실 작가들이 번잡한 일상을 떠나 어디에 콕 박혀서 글을 쓰고는 하는데, 그런 것보다 이제는 자신 일상 속에서 글을

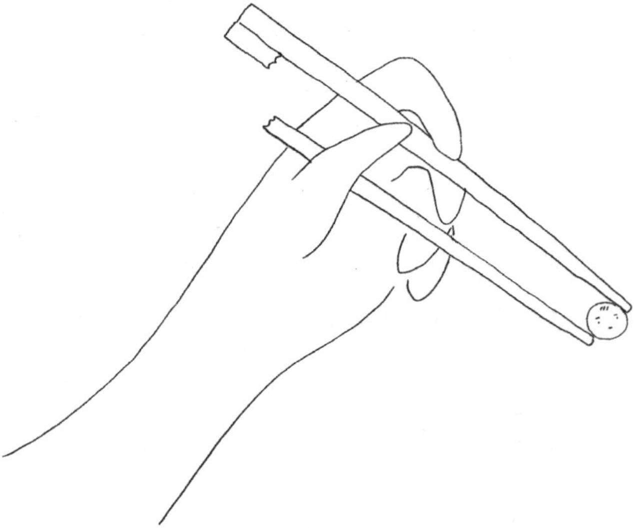

써야 한다는 것을 깨우쳤단다.

하기야 사람이 사는 곳이라면 여기를 떠나면 저기일 뿐 전혀 새로운 곳이 있을까 싶기도 하다. 여하튼 나도 글을 쓰다 보니 가장 부러운 사람이라면 자신 일상 속에서 정해진 만큼 글을 쓰는 사람들이다. 도서관에 가서 글을 쓰든, 새벽에 일어나서 쓰든, 아침에 쓰든 딱 정해진 만큼 글을 쓰고 일상을 누리는 사람들, 어서 빨리 나도 그런 사람이 되고 싶다.

그렇게 한다면 글쓰기가, 책쓰기가 어렵고 힘든 일만은 아닐 것이다. 책쓰기가 하루하루를 기록하는 일상 중 하나의 일과 정도로 자리매김을 하면 좋을 듯싶다. 그러니 논문을 쓰듯 한 꼭지, 한 꼭지 너무 완벽하게 글을 쓸 필요가 없다. 책쓰기를 위한 글쓰기는 마라톤과 같다. 체력도, 호흡도, 글쓰기 재료도 골고루 잘 나눠서 달릴 필요가 있다.

# 완벽한 책쓰기란 없다

"저는 성격이 모든 것을 완벽하게 하는 스타일이여서 그런지 글을 쓸 때도 마찬가지예요. 한 꼭지가 다 완벽하게 끝나지 않으면 다른 꼭지로 도대체 넘어가지지 않아요."

"아, 그럼 책을 쓰면서 그런 성격을 고쳐보면 좋겠네요!"

"네?"

나는 여행을 갈 때도 별다른 준비를 하지 않고 떠나는 쪽이다. 그래서 가끔 우리 가족만 가면 다행이지만, 여행지에서 다른 가족이나 사람들과 만나서 여행을 하게 되면 '아, 이건 민폐다. 다음에는 준비를 좀 하고 오자'는 생각을 종종 하곤 한다.

여행은 습관인가 보다. 역시나 그 다음 여행도 떠나 보면 마찬가지다. 워낙 하루하루 종종거리며 사는 인생인지라, 일 아닌 것을 느긋하게 준비할 시간 따위는 나에게 없나 보다. 하지만 이런 여행도 단점만 있는 것은 아니다. 생각하지 못했기에, 사전에 알아보고 오지 않았기에 여행지에서 보고 듣는 모든 것이 너무나 새롭다.

책쓰기도 마찬가지다. 책쓰기에 필요한 모든 것을 다 준비하고 책쓰기를 시작할 순 없다. 여행을 떠나기 전 아무리 준비를 꼼꼼히 했더라도 여행지에 가면 그곳에 필요한 것들이 생기기 마련이듯, 책쓰기도 그와 같다. 그때그때의 감정, 그때그때의 생각들을 책쓰기를 위해 준비한 것들과 잘 버무려 써야 한다.

완벽한 책쓰기는 없다. 아마 완벽한 책쓰기가 가능하다면 컴퓨터가 그 일을 제일 잘 하리라. 이름 있는 작가마저도 자신이 쓴 작품을 다시 한 번 똑같이 쓰라고 하면 그렇게 쓰지 못할 것이다. 그러니 책을 쓰며 '나는 왜 이렇게 글을 못 쓸까.' '왜 진도가 이렇게 나가지 않을까.' '내 능력은 이 정도밖에 안 되는 걸까.'라는 등 자책하지 말자.

그래도 책쓰기에 있어 가장 중요한 기본 준비사항이 있다. 그것은 내가 생각한대로 글을 쓸 수 있는 글쓰기 훈련이 가장 필요하다. 그렇다면 글쓰기 훈련은 어떻게 해야 할까?

그건 〈글쓰기 어떻게 시작할까〉를 통해 잘 단련하길 바란다. 그리고 더 필요한 것은 무엇이 있을까? 여행을 하기 전 가장 필요한 것이 무엇이냐는 질문에 시간이라는 답이 있었다. 맞다. 책쓰기를 할 때도 글쓰기 훈련을 하고 난 다음 책쓰기를 하려면 시간이 필요하다. 누구는 책을 집중해서 쓰는 동안 먹고 살 수 있는 돈이 필요하지 않냐고 하지만 돈은 그 리스트에 넣고 싶지 않다.

다시 한 번 정리하자. 완벽한 책쓰기는 없지만, 꼭 준비해야 하는 것은 글쓰기 훈련을 통한 자기 생각을 말할 수 있는 글쓰기 능력과 시간이다. 이런 것들은 다른 것들에 비해 오랫동안 준비해야 하는 것이니 미리미리 준비해두자.

## 책쓰기도 마찬가지

"첫 책을 내고 몇 년이 지났어요. 이제 정말 개정판을 내든가
다른 책을 써야 할 텐데 말이죠."
"대표님은 강의를 많이 하시니
그걸 잘 모으셔도 되지 않을까요?"
"그럴까요? 그런데 그렇게 생각하면 책쓰기가 쉬운데……."
"일단 책쓰기에 방해받지 않는 시간을 확보하는 게
급선무겠어요!"

많은 이들이 주로 경제경영, 자기계발 분야와 같은 실용서로 첫 책을 내곤 한다. 첫 책을 생각보다 빨리 내는 이들이 있는가 하면 저 사람은 왜 여태 책 한 권 내지 않았을까 하는 사람도 있다.

앞에 말한 사람들은 주로 전문 분야에서 강의를 하는 분들이 많다. 강의를 하면 그때마다 강의안을 만들어야 하고 그것을 토대로 강의했던 것을 모아 자연스럽게 책으로 묶는

것이다. 뒤에 말한 사람을 살펴보면 안정된 직장생활을 하거나 쉴 틈 없이 자기 일을 하는 사람일 경우가 높다. 책이 있으면 더 좋겠지만, 딱히 책이 없어도 일이 잘 돌아가는 그런 상태랄까? 그래서 이런 분에게 책을 한 번 써보라고 권하면 "제가요? 제가 그럴 능력이 될까요? 그래도 쓰고 싶긴 해요." 하고 말한다.

어떤 분에게 이런 말을 들은 적이 있다. 자신이 가장 하고 싶은 일은 그간 해왔던 일로 책을 써서 강의를 하며 살고 싶다고. 내가 알기로는 그 분, 아마 지금까지도 책을 쓰지 못한 것으로 알고 있다.

하루는 누구에게나 공평하게 24시간이다. 하지만 일을 하느라 쉴 시간도, 잠잘 시간도 부족한데 책을 쓰는 시간을 낸다는 게 여간 쉬운 일은 아니다. 계속 얘기하고 있지만, 책쓰기에 있어서 가장 중요한 것은 시간이다. 몇 시간 딱 집중하면 뚝딱 써지는 칼럼 한 편이 아니고, 몇날 며칠 아니 길게는 한해 동안 시간을 촘촘히 나눠서 써야 끝나는 게 책이다.

강의를 하려면 책도 필요하지만, 거꾸로 책을 내고 강의를 하는 사람도 있다. 나 역시 〈글쓰기 어떻게 시작할까〉를 내고 생각지 않게 작고, 큰 강의 제안을 받기도 했다. 누구 앞에서 말하고 나서는 것에 소질이 별로 없다고 생각했지만, 그나마 내가 자신있게 얘기할 수 있는 부분이 글쓰기여서 그런지 정말 하나도 떨지 않고 강의를 해나가는 나 스스로 신기할 정도였다.

이름난 작가마저도 글을 쓸 때마다 힘들다고 한다. 그러니 처음 책을 쓰는 사람은 얼마나 힘이 들겠는가. 다 과정이라 생각하고, 쓰는 과정을 즐길 줄 알아야 한다. 완벽한 글쓰기, 책쓰기는 없다. 책을 쓰는 시간을 나 자신을 발견하는 시간으로 삼는다면 비록 원고를 다 쓴 후 책으로 출간하지 못한다고 해도 그렇게 억울하지는 않을 것이다. 하지만 그렇다고 해도 책을 처음 쓰는 이순간 만큼은 책을 내도, 안 내도 좋다는 식으로 생각하는 것은 금물이다. 일단 우리의 목표는 책 출간이다.

# 처음 생각을 잃지 않는다

"내일 아침에 해맞이 하러 가자!"

"왜요? 해는 매일 아침이면 뜨는데요."

"내일은 새해니까, 새롭게 시작하는 의미로 해맞이를 하는 거야."

1월 1일, 나와 아이와 나눈 대화다. 그렇다. 아이 말이 맞다. 해는 매일 아침이면 뜨는데, 새해가 시작되는 1월 1일이라고 유난을 떨며 해맞이를 할 필요가 있을까? 아이는 그럴 이유가 없었을지 몰라도 나는 있었다. 하고 싶었다. 가능하면 사는 곳을 떠나 좀 멀리 가서 이런저런 의미를 잔뜩 담아 해맞이를 하고 싶었다.

하지만 이러저러한 이유로 사는 곳을 떠날 순 없었다. 그래서 찾은 곳이 동네 중학교였다. 7시 30분부터 해맞이를 시작한다고 했다. 행여 늦기라도 할세라 1월 1일 첫날부터 중학교가 있는 언덕배기를 열심히 뛰어갔다.

두근거리는 가슴을 뒤로 하고 중학교 운동장에 가보니 몇몇 낯익은 동네 어르신들 얼굴이 보였다. '완전 낯선 곳에서 새해를 맞이하는 점도, 이렇게 낯익은 곳에서 새해를 맞이하는 일도 각각 좋은 점이 있구나' 하는 생각이 들었다.

나는 새해 첫날, 생일, 각종 기념일을 유난스럽게 챙기는 편은 아니지만, 그렇다고 아직까지는 기념일을 그냥 넘긴 일은 없다. 그런 기념일을 지낼 때마다 그날의 의미를 되새겨 본다. 매일매일을 새해 첫날처럼 보내야지 했던 다짐을, 매일매일을 행복하게 보내야지 했던 생일을, 그리고 가족과 지인들의 생일과 기념일을 챙겨며 그들이 지금보다 조금 더 행복해지길 바라는 마음을 말이다.

그런 의미를 책쓰기를 하는 동안에도 매일매일 담아보

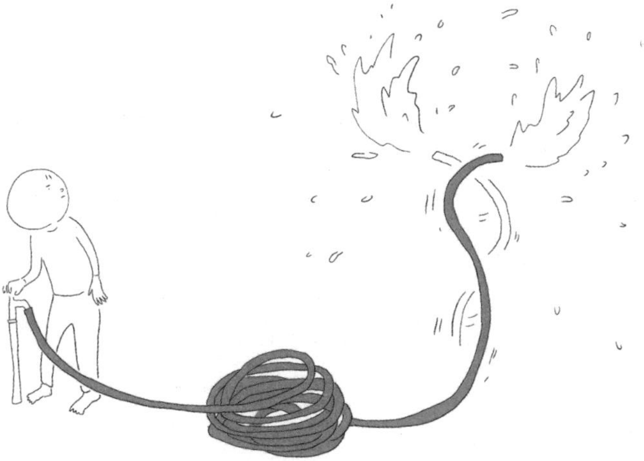

자. 좀 유치할수도 있겠지만 책쓰기 달력이나 다이어리에 기록하는 곳을 만들어서 원하는 목표까지 달성했다면 나에게 칭찬을 해보자. 좋아하는 스티커를 붙여보기도 하고, 스티커가 부담스럽다면 동그라미라도 쳐보자.

아니면 목표치에 따라 자신이 좋아하는 음료나 음식 등을 자신에게 선물하면 어떨까? 전체 원고 진행상 반 이상이 되면 잠깐의 휴식으로 영화를 보거나 사람들을 만나서 머리를 식히는 것도 좋을 듯하다. 그리고 탈고를 남겨두거나 탈고를 하면 작은 여행 같은 것을 떠나보는 것도 좋겠다.

즐거움은 스스로 만들고 느껴야 한다. 책쓰는 과정을 그때그때 느낀다면 이런 이벤트를 열지 않아도 되지만, 이 책을 읽는 이들은 처음 책을 쓰는 사람일 가능성이 높으니, 이런 것도 해보라는 얘기다. 아마 잿밥에 관심이 있어서 나도 오늘부터 책을 쓰는 작가놀이를 시작한다는 이들이 있지 않을까? 모두 환영하는 바이다!

## 톤이 달라지지 않았는지

"작가님 소개를 보면 분명 남자분이신데,

책을 읽어보면 꼭 새색시가 쓴 것 같아요."

"그렇죠? 곱죠? 사랑스럽죠?"

"네, 상대적으로 제 글이나 말투가 너무 억세 보여요."

어떤 사람이 하는 이런 소리를 들었다. 좋은 책을 고르는 방법으로 자신은 책을 꼭 서점에서 보고(살피고) 고르고, 책 내용의 2/3 지점을 지나서 읽어본다는 것이다. 그랬을 때 그 얘기가 공감이 가면 돈을 주고 구입을 한다고 말이다.

그래서 왜냐고 물었다. 그랬더니 그가 말하길, 중간이 지난 2/3 지점까지 내용을 잘 끌고 오는 사람이라면 어느 정도 책을 쓸 줄 아는 사람이라는 것이다. 대개 책을 꽤 많이 써본 작가라도 해도 책 처음 부분은 힘이 넘치지만, 중간 그리고 끝으로 갈수록 그 힘을 잘 끌고 오는 작가는 드물다고 한다. 그러니 중간 넘어서 2/3 지점까지 내용이 충실하고 게다가 공감 포인트까지 있다면 그 책은 분명 잘 쓴 책이란 소리다.

나 역시 책을 쓰기도 하고 만들기도 하다 보니 원고를 자주 본다. 그때마다 느끼는 것이 처음 시작하는 부분과 중간 그리고 끝으로 갈수록 뭔가가 달라지는 이들의 원고일수록 책을 몇 권 쓰지 않은 사람일 가능성이 높다. 달라지는 그 무엇인가를 콕 집어서 나열하자면 문체일수도 있고, 글 호흡일 수 있다.

앞에서는 여유를 갖고 자기 생각을 잘 풀다가도 중간이나 2/3 지점에서는 무엇에 쫓기듯 내용이 전개되는가 하면, 뒤로 갈수록 정작 책을 읽는 이는 작가가 하려는 이야기를 받아들일 마음의 준비도 안 되었는데, 자꾸 누구를 가르치는 내용으로 작가 목소리가 달라지는 경우도 있다.

물론 책에 따라서 이론과 실전으로 정확하게 구분해서 전개되는 책도 있다. 하지만 이런 책을 쓸 때도 '내가 너무 주제 넘는 충고를 하고 있지 않나?' '책 읽는 사람들 인생을 책임질수도 없으면서 너무 위로성 멘트가 넘치는 것 아닌가?' 하고 생각해볼 일이다.

이런 것들을 생각하고 쓴 책은 어떤 페이지를 펼쳐도 물이 흐르듯 잔잔하다. 이런 책을 읽으면 내용이 어떤 것이든 마음이 평온해진다. 하긴 처음 책을 쓰면서 이런 것까지 다 챙기기란 여간 어려운 일이 아닐 수 없다. 하지만 생각만 해 두면 이런 것을 챙기기가 또 그렇게 어려운 것은 아니다.

갑자기 한여름 얼음을 얼릴 때가 생각난다. 얼음 얼리는 케이스에 물을 넣고, 어느 칸에도 물이 적고 많음이 없이 반듯하게 맞추기 위해 물높이를 맞추지 않은가? 이런 사소한 행동이 없이는 얼음을 얼릴 때 같은 시간으로 얼음을 얼려도 어떤 얼음은 덜 언 상태가 된다. 그러니 자신 책이 어떤 곳은 내용이 덜하지 않도록, 어떤 곳은 내용이 넘치지 않도록 되도록 고르게 맞춰졌는지 확인해 볼 필요가 있다.

## 느슨한 패턴을 만든다

"하루키는 새벽 4시에 일어나서 커피를 내리는 것으로
글쓰기를 시작한다죠? 또 거의 매일 몇 킬로미터를 달리고,
수영을 한다고 해요.
여러분은 이렇게 매일 하는 무언가가 있나요?"
"아뇨."
"이 외에도 많은 작가들이 아침도 아닌 새벽에 일어나서
글을 쓰고 운동 같은 저마다 매일 반복된 일을 하고 있대요.
이들은 왜 이렇게 하고 있을까요?"

〈글쓰기 어떻게 시작할까〉를 내고 '내 글을 보다'라는 제목으로 강의를 하다가 위와 같은 내용으로 자리에 참석한 사람들에게 질문을 해본 적이 있다. 그러자 글쓰기에 관심 있다는 사람들이 함께한 자리임에도 불구하고, 순간 장소는 조용함으로 가득했다.

이런 질문에 대해 어떤 이들은 '뭐 그리 작가의 시시콜

콜한 얘기에 대해 알 필요가 있냐'고 반문할 수도 있겠다. 하지만 내가 지금 말하려는 것은 작가 사생활을 알리고자 하는 게 아니라 책을 처음 쓰려는 사람들이 되려는 것이 작가이고, 그중에서도 어느 정도 이름만 대면 다 아는 작가들 공통점에 대해 얘기하는 것이다.

새벽 4시, 새벽잠은 말할 것도 없고 아침잠이 많은 나는 도저히 따라할 수 없는 일이다. 하지만 이것도 나 스스로 아직 이 정도로 절박감이 없어서 그럴 것이다. 책쓰기 책을 쓰면 쓸수록 원고를 쓰는 절대적인 시간이 자꾸 부족하다고 느끼는 요즘, 시간을 어떻게 하든 좀 더 확보해야겠다는 생각이 든다.

책을 쓰는, 글을 쓰는 오롯한 시간을 갖는 것은 원고작업에도 필요하지만 바로 앞에서 말한대로 균일한 무엇을 뽑아내기에 꼭 필요한 무엇이라 생각한다. 이 말이 무엇인가 하면 글은, 책은 그 사람을 말해주기 때문이다. 소설은 아직 써보지 못 해서 모르겠지만, 글은 그 삶이 어떤 사람인지, 어떤 생활을 하는지 그대로 보여준다고 해도 과언이 아니다.

매일매일 기계처럼 하루 24시간을 똑같이 보낼 순 없지만, 책을 쓰는 동안은 자신이 정해놓은 일정 안에서 크게 벗어나지 않는 것이 좋다. 그래서 생각한 것이 있는데, 책을 쓰는 동안만이라도 각자에 맞는 '느슨한 패턴'이란 걸 만들어 보면 어떨까 한다.

그리고 그 '느슨한 패턴' 중 책쓰는 시간을 하루 맨 앞에 놓아두면 좋을 듯하다. 대략 나는 몇 시에 일어나서 몇 시부터 몇 시까지는 무엇을 하고, 또 몇 시부터 몇 시까지는 무엇을 한다고 정할 때 책쓰는 시간을 맨 앞에 갖다 놓으란 소리다. 그럴 때 상황에 따라서 이 시간을 확보할 수 없다면, 자신 하루 일과 중 그 시간을 찾는 일이 글쓰기, 책쓰기에 앞서 해결할 문제다.

나 역시 엄마로서 아이를 돌보고 살림을 해야 할 시간과 출판사 대표로서 책을 만드는 시간이 있다. 또 지금처럼 작가로서 책을 쓰는 시간도 필요하다. 이렇게 많은 역할을 해야 하는 사람일수록 자신 일상을 느슨하게 패턴화하고 그 중 책쓰는 시간을 즐겁고, 아름답게 꾸며보길 바란다.

# 읽고,
# 또 읽어보자

"책을 쓰는데 글을 읽는 방법이 따로 필요한가요?"

"네, 자신 글을 고쳐가며 써야 하고 그리고 나서도 계속 읽어봐야 하니까요."

"그럼 작가로서 글을 읽는 방법이 따로 있다는 얘기인가요?"

"네, 그렇게 이해하셔도 좋겠네요."

어디든 기본이란 게 있는 법이다. 학교나 회사생활을 할 때도 그렇지만 글을 쓰는 것에도, 또 그 글을 읽어보는 것에도 이 '기본'이라는 게 통하는 법이다. 그럼 일반 독자로서 글을 읽는 것과 다르게 책을 처음 쓰는 작가로서 글을 읽는 법은 어떻게 다를까?

이때는 우선 일반 독자로서 책을 읽는 것보다 조금 더 객관적인 눈이 필요하다. 자기 글을 읽으면서 '와, 어떻게 이런 생각을 했을까' '이런 표현은 정말 좋다'는 등 쓰는 사람이 너무 감동하면서 쓰면 정작 독자가 감동할 부분이 남아 있지 않게 된다고 해야 할까? 여튼 책이 소란스럽고, 단백한 맛이 떨어진다.

내가 책으로 내려고 쓴 글은 세상에 책으로 나오면 더 이상 나 혼자 보는 글이 아니다. 사실 확인을 해야 한다. 정보를 주는 목적으로 쓰는 책일수록 이런 부분은 더더욱 중요한 얘기이고, 정보를 주는 목적이 아니라 해도 내가 갖고 있는 생각이 너무 좁지는 않은지, 한쪽으로 치우쳐 있지 않은지 다시 한 번 확인해야 한다.

또 출간계획서를 받아보면 종종 느끼는 부분인데, 이미지 출처를 비롯한 저작권에 문제가 없는 글과 이미지인지 다시 한 번 확인해야 한다. 책을 내면 그 누구도 아닌 자기 이름으로 책이 나온다. 내 이름으로 보여주기에 문제가 될

만한 글과 이미지는 원고에 담지 않아야 한다.

더불어 글을 읽을 때 잘 넘어가지 않고 흐름이 자꾸 끊기는 부분은 한 문단이나 단어만 고치려 하지 말고, 아예 그 꼭지를 다시 한 번 써보길 바란다. 그러면 생각지 않게 더 좋은 글이 나오기도 한다. 이런 것도 다 내 글을 잘 보고, 읽는 것에서 출발한다. 그러니 내 책을 써서 작가가 되려는 사람들은 내 글을 쓰는 것을 넘어서 내 글을 잘 읽고, 잘 고칠 수 있어야 한다.

술술 잘 읽히는 글이 좋을까? 아니면 책 읽는 진도는 나가지 않지만 생각을 하게 하는 책이 좋을까? 처음 책을 쓰는 사람이 이 두 가지를 다 갖추기란 어려운 문제이리라. 하지만 책을 처음 쓰는 사람이 꼭 갖춰야 할 것은 술술 읽히는 책이 아니라 이 책을 읽는 사람들에게 어떤 생각을, 느낌을 줄 수 있을까 하는 것에 방점을 찍어야 한다. 술술 잘 읽히는 책은 이 책을 쓰는 내가 아니어도, 출판사나 그 외 사람들이 손을 보태면 어느 정도 해결할 수 있는 문제이기 때문이다.

허나 그 책에서 줄 수 있는 작가의 생각, 이야기라는 것은 그 책 작가만이 줄 수 있다. 그러기에 책을 내려고 글을 쓰는 사람들은 내 생각(소금)이 곳곳에 잘 뿌려졌는지 자신이 쓴 글을 꼼꼼이 읽으며 확인해야 한다. 어떤 곳은 너무 많이 뿌려져서 짜지 않은지, 어떤 곳은 너무 간이 안 배어있는지 잘 살펴보자. 예비작가로서 내 글을 읽는 것은 글 맛을 보는 것과 어쩌면 같은 일이다.

## 글을 어떻게 고쳐야 할까

"제 글을 다시 보는 게 이렇게 힘든 일인 줄 몰랐어요."

"힘든 것도 있지만, 봐서 마음에 들지 않을 때

다시 이걸 어떻게 고칠지 생각도 잘 안 나고,

이걸 또 써야 한다고 생각하면 귀찮지 않으세요?

그러다 보면 나는 왜 글을 이렇게 못쓸까 하는 생각도 들고요."

"맞아요. 어떻게 그렇게 잘 아세요?"

책쓰기를 위해 글을 쓸 때 가장 어려운 일은 무엇일까? 그것은 첫째 '어떤 주제를 쓸 것인가'와 '그것을 어떻게 쓸 것인가'이지만, 정작 이 문제가 다 해결되고, 글을 쓸 동안은 그래도 행복한 시간이다. 정해진 차례에 따라 시간이 허락한 대로 그저 묵묵히 글을 쓰면 되는 일이기 때문이다.

하지만 나름대로 원고를 다 썼다고 생각했는데, 다시 읽어보니 '이건 뭐지?' 하는 생각이 들면서 '이걸 언제 다시 고쳐 쓰지?' 하는 생각이 드는 순간, 그저 머릿속은 하얘진다.

그때는 정말 바람을 한 번 쏘여야 한다. 그런 후 내가 이 글을 쓴 사람이 아니라 이 글을 보는 첫 번째 독자로서 이 글이, 이 책이 어떻게 보일지 책값을 치르고 볼 독자 눈으로 내 글을 다시 봐야 한다.

물론 이렇게 책으로 낼 원고를 다 쓰고 나 혼자만 볼 게 아니라 같이 원고를 봐줄 사람이 있다면 그 사람은 행운아일지도 모른다. 하지만 그런 사람이 있다고 해도 자신이 쓴 원고는 자신이 적어도 세 번은 다시 봐야 한다.

이때 가장 먼저 살펴볼 것은 자신이 말하고자 하는 이야기가 이 책에서 잘 드러나 있는지(잘 말하고 있는지) 보고, 그 다음은 그런 내 이야기가 책으로 만들어졌을 때 읽는 이가 편하게 잘 볼 수 있는 글 분량과 그림으로 잘 정리됐는지 보고, 마지막으로는 한 꼭지, 한 꼭지 분량이 너무 길거나 짧은 것은 아닌지 보고, 그 안에 글 흐름이 적당한지 살펴볼 일이다.

글은 아무리 유명한 작가가 썼다고 해도 초고(처음 쓴 원고)는 모두 다시 고쳐야 한다. 그러니 글을 고치면서 쓸데없

응...

는 생각에 빠지지 말고, 글을 쓸 때 하루에 한 꼭지를 썼다면, 글을 고칠 때는 두 세배 속도로 고쳐나가는 과정을 반복하다 보면 결국 결 고운 책이 남을 것이다.

글을 고치는 자세한 방법은 이 책 전작인 〈글쓰기 어떻게 시작할까〉에 담았다. 물론 이 책 외에도 많은 작가들이 글 고치는 법에 대해 얘기하고 있다. 그러나 중요한 것은 단어 하나하나가 중요한 것이 아니라 책에 담을 생각과 그런 내 생각을 어떻게 잘 전달할 것인가에 있다. 그런 생각으로 내 글을 다시 보고 고치는 작업을 해야 한다는 것은 두 번 강조해도 지나치지 않는다.

## 나 아닌 다른 사람에게 원고 읽히기

"이렇게 제 원고를 읽어주셔서 정말 감사드려요."

"네, 그런데 작가님이 간절해보였어요.

그래서 저도 책 쓴다고 시간이 좀 없었지만 원고를 봐드렸던 거예요."

"다른 사람 원고 봐주는 게 힘들더라고요.

그리고 이렇게 원고에 대해 말하는 것은 더 어렵고요."

간절함은 어디든 통한다. 책쓰기도 마찬가지다. 최소 A4 60장에서 많게는 A4 100장은 써야 책 한 권이 나오는데, 원하고 또 원하지 않는 이상 하루에 A4 한 장씩 쓴다고 해도 두 달에서 석 달 넘게 걸리는 일이니 책쓰기에 있어서 간절함과 체력, 끈기는 필수다.

원고를 볼 줄 아는 사람도, 원고를 볼 줄 모르는 일반 독자에 가까운 사람도 다른 사람이 쓴 글을 보는 일은 어렵다. 혹여나 시간을 내서 다른 사람 원고를 읽었어도 그것을 쓴 사람에게 그 느낌을 얘기해야 할 때면 그것을 어떻게 말해줄지 말을 꺼내기 전부터 걱정이 앞선다. 원고를 읽을 때 들었던 생각대로 마음에 들지 않는다고 말해주면 그 글을 쓴 사람이 상처를 받을 것 같고, 그래서 괜찮다고 말하자니 또 그렇게는 입이 떨어지지 않는다.

나에게 간혹 원고를 봐달라고 하는 분들이 있다. 그러면 나는 좀 냉정하게 본다고 말씀드리면서 내가 하는 말에 상처받지 말라고 말하며 최대한 책을 만드는 사람 입장으로 원고를 읽은 느낌을 말한다.

그런 나도 이 원고를 다 쓰면 누구에게 읽어달라고 할지 벌써부터 걱정이다. 중간중간 나 역시 다른 사람과 함께 쓰기를 하면 좋다고 말하고, 이 책 전작 〈글쓰기 어떻게 시작할까〉에서도 글을 쓰면 다른 사람에게 읽혀보라고 강조한 바 있지만, 나 아닌 다른 사람에게 내 글을 읽히는 것은 참 어려운 일이다.

하지만 세상사 살다 보면 어려운 일일수록 꼭 해야 하는 게 많다. 책을 쓰면서 다른 사람에게 읽어달라고 부탁할 수 있는 사람이 있다면 가능한 샘플 원고가 나오는 대로 나 아닌 다른 사람이 읽어볼 수 있게 하자. 그리고 가능한 여러 사람에게 읽히게 해서 다양한 의견을 들어보는 게 좋다.

주변에 글쓰기, 책쓰기에 관심있는 사람들이 없다면 자신 블로그나 SNS에 샘플 원고라고 올려보자. 요즘에는 큰 출판사에도 홍보차원에서 이런 식으로 사전 리뷰어를 모은다. 그러니 나라고 못 할 것은 없다. 책으로 만들어지면 어차피 지금보다 더 많은 이들이 내 책을 보게 된다.

너무 부끄러워 하지 말고 한 세 꼭지 정도의 샘플 원고를 만들어서 다른 사람에게 읽히게 하자. 독자 반응에 대해 받아들이는 마음에도 근육이 필요하다. 처음에는 누구나 상처받기 마련이다. 일부러라도 여러 번, 여러 사람에게 상처받고, 아물기를 반복해보자. 굳은살이 필요하다. 나는 완벽한 책을 쓰는 천재가 아니다. 독자가 내 책을 더 완벽하게 만들어줄 것이다.

인터뷰 ❷

## 은수 님

"망설이지 마세요.
기회보다 마음은
더 자주 오지 않으니까요"

은수 님을 모르는 독자 여러분도 계실 듯해요. 잠깐 소개 부탁드려요.

안녕하세요. 전주의 작은 동네서점 '유월의서점'을 운영하는 은수입니다. 저는 1인 출판 '고요'와 함께 〈위로의 곁〉의 작가이기도 하지요. 식물과 자연을 사랑하고, 많이 걷습니다. 힘이 닿는 한, 계속.

이번 책은 <책쓰기 어떻게 시작할까>라는 제목을 달고 있는 책입니다. 쉽게 말해 책쓰기 그 중에서도 처음 책을 쓰는 사람들이 어떻게 하면 책쓰기를 두려워하지 않고, 잘 쓸 수 있을지에 관한 책이에요. 은수 님은 책을 처음 책을 내야겠다고 마음먹었을 때 그것을 어떻게 행동으로 옮겨서 첫 책이 나왔나요?

저는 때마다 느꼈던 감정들이 그 때 쓴 글에 잘 베어 있다고 생각해요. 그래서 기억하고 싶은 순간들을 떠올려보고, 그 때 썼던 메모들과 일기들을 간추려 보는 것으로 글을 묶는 것으로 시작했어요.

글의 필력보다는 쓰여진 글에 눈을 감고도 상상할 수 있는 힘이 있다면 분명 나 아닌 타인에게도 그 때의 제 감정이 잘 전달될 수 있다고 생각했으니까요.

은수 님은 작가이기도 하면서 '유월의서점'이란 빛고운 책방을 꾸리고 계십니다. 책방에는 일반 책도 있지만, 독립출판물도 있는 것으로 알고 있어요. 요즘은 독립출판물을 내려는 이들도 많다고 해요. 일반 책에 비해 독립출판물을 쓰려는 분들에게 작가이자 책방 운영자로서 전하고 싶은 말이 있다면 한마디 부탁드려요.

독립출판으로 제작된 책들은 머릿속에 어질러진 생각들을 정리하고, 글과 사진, 내지 디자인과 인쇄, 출판까지 무명작가들이 홀로 어렵게 싸워서 내놓는 결과물입니다.

독립출판 작가들의 삶은 실로 녹록치 않지요. 학업을 병행하거나 이를 악물고 회사를 다니는 직장인들이 대부분일 거예요. 매일매일이 나의 삶이 아닌 것 같은 삶을 살면서도 생각을 모으고, 어렵게 돈을 모아 출판하게 되지만 그것으로 많은 돈을 벌지도 못합니다. 그저 이만하면 됐다. 너 참 애썼다, 라고 스스로에게 답해주는 것일 뿐이죠.

지금도 망설이고 있겠죠. 많은 분들이. 그런 현실과 싸워나가느라 자주 포기하고 싶을 거예요. 하지만 더 망설이지 마세요. 기회보다 마음은 더 자주 오지 않으니까요.

이 책 <책쓰기 어떻게 시작할까>에서는 작가들도 블로그나

**SNS를 꼭 해야 한다고 말하고 있습니다. '유월의서점'도 한결같은 느낌의 사진과 글로 책방의 따듯한 느낌을 잘 전해 주고 있는데요. 작가가 되려는 이들에게 블로그나 SNS 하는 팁을 간단하게 전해주신다면 어떤 것들이 있을까요?**

저희 서점은 전주의 오래된 공방골목에 자리하고 있습니다. '고물자골목'이라는 공간 안에서 40년 넘게 한복을 지으시고, 수선일을 하시는 장인분들이 많지요. 그래서 저희는 책을 파는 공간이라기보다 그 분들과 함께 살아가는 터전의 일부라고 생각합니다.

저희 서점 계정에서는 그 터전에서 함께 살아가는 이야기를 중심으로 '사람'이 먼저인 따뜻한 연대를 실현하며 이야기 나누고 있어요. 예를 들면, 눈 오는 날 앞집 수선집 아주머니가 부쳐주신 김치전 이야기라든가 주인할머니가 김장하신 덕에 그 날 찾아오신 손님들이 함께 보쌈파티를 열었다는 이야기 등 소소한 골목의 일상을 통해 서점이 책만 파는 공간이 아닌 책을 매개체로 따뜻한 연대를 꿈꾸는 공간이라는 것을 이야기하고 있습니다.

손님들은 이 점을 가장 눈여겨 봐주시고, 오실 때마다 SNS의 이야기에 담긴 분들의 안부를 묻곤 하지요. 그것이 서점을 따뜻하게 채워주는, 보이지 않는 힘이라고 생각합니다.

독립출판물 중에도 많은 이들에게 사랑받는 독립출판물 공통점이 있을 듯합니다. 어떤 공통점이 있을까요?

작가만의 주제와 스타일이라고 생각해요. 작가 스스로에게 가장 의미 있는 기록을 했을 때 독자들도 그 기록을 이해하고 자신의 것으로 받아들일 수 있으니까요. 또 그것으로 독자 자신만의 주제와 스타일을 창조할 수 있으니까요.

끝으로 질문에는 없지만 책을 처음 쓰려는 예비작가님들에게 작가, 책방 운영자로서 덧붙이고 싶은 말이 있다면 어떤 말일까요?

저는 무언가 새로운 일을 경험할 때 내 삶의 주인이 누구인지, 미래를 위해 오늘 생각하는 것을 미루고 있진 않는지, 또 실패를 기꺼이 맞을 수 있는지를 먼저 생각합니다.

20대의 저는 경직되어 있었고, 꽤 안정적인 길을 잘 가고 있었어요. 하지만 그 시절을 한참 지나고 보니 그 세계가 전부가 아니라는 것을 알게 되었어요. 한정된 틀에 가로막혀 있거나 실패에 대한 두려움 때문에 마음껏 하고 싶은 일을 하지 않는 것은 스스로의 성장에 대한 밑거름을 채우지 않는 일이나 마찬가지니까요.

글을 쓰고, 책방을 운영하는 것은 여전히 녹록치 않습니다. 그러나 여전히 제가 글을 쓰고, 고요한 섬 같은 책방을 꾸리는 것은 그 순간만큼은 제 가슴이 잘 뛰고 있기 때문이에요. 앞으로도 계속 고민하고 상실하는 일들이 많을 겁니다. 하지만 그렇기 때문에 좀 더 저 다운 삶으로 살아지는 게 아닐까요.

끝

# 고쳐 쓰기라는
# 인내의
# 시간

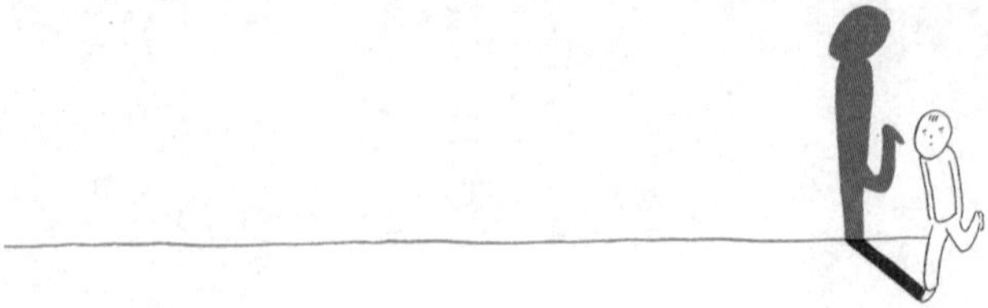

# 고쳐 쓰기 어려움에 관해

"원고를 볼 때 어떻게 보세요? 프린트는 해보시죠?"

"프린트를 해서 볼 때도 있고, 그렇지 않을 때도 있는 것 같아요."

"네, 귀찮다 생각하지 말고 수정할 때마다 프린트를 해서 봐야 해요."

"그런데 원고를 몇 번이나 넘게 봐도 수정할 게 계속 나와요.
원래 원고 수정하는 게 이렇게 힘든 건가요?"

원고를 다 쓰고 나서도 원고를 몇 번이고 다시 보고 고쳐 쓰게 된다. 이것을 퇴고라고 한다. 하지만 처음 책을 내려는 이들은 이 고쳐 쓰기 과정이 어려울 수밖에 없다.

남도 아닌 자신이 쓴 원고를 고쳐쓰는 일이 무엇이 그

리 어려울까 싶지만, 원고를 프린트 해서 눈에 보고도 고치기 어려운 이유는 바로 자신이 쓴 원고이기 때문이다. 많은 이들이 원고를 보면서 '대체 이렇게 원고를 몇 번 정도 봐야 원고를 다 썼다고 할 수 있을까' 하는 생각에 자동으로 한숨이 길게 나오기도 한다.

원고를 쓰는 일은 무언가 새롭게 만들어내는 기쁨이 있는 일이지만, 원고를 보는 일은 봤던 것을 언제까지 봐야 할지 정해지지 않은 채 계속 원고를 보는 일이기에 인내심이란 녀석이 꽤 필요하다. 자신이 쓴 글을 수정하는 기본 방법은 〈글쓰기 어떻게 시작할까〉에도 나와 있다. 이 책에는 부록에 자주 틀리는 우리말을 실어두기도 했는데, 책을 쓸 때와 글을 쓸 때 고쳐쓰는 법이 조금은 다른 듯하다.

책은 여러 편의 글을 하나로 묶는 일이다. 그래서 책을 잘 쓰고, 자주 쓰는 작가들은 자신이 쓰고 싶은 주제로 거의 매일같이 글을 쓴다. 이렇게 거의 매일 같이 글을 쓰지 않으면 기고나 어떤 곳에 발표했던 것들로 한 권의 책을 묶기도 한다. 나 역시 이 책이 나오면 이번 책쓰기 책과는 다르게

〈책만들기 어떻게 시작할까〉를 조금씩 써나가야겠다는 생각이 든다. 이 또한 책을 두 권쯤 낼 때가 되니 드는 생각들이다.

우리 출판사에서 〈시골에서 책 읽는 즐거움〉과 〈시골에서 살림 짓는 즐거움〉을 낸 최종규 작가는 시골에서 사전 짓는 일을 하며 살림을 꾸려나간다. 최 작가 블로그를 보면 놀랄 만큼 다양한 카테고리에 담긴 글을 볼 수 있는데, 매일매일 쓰는 글들이 엄청나다.

이런 분들도 책 작업에 들어가면 원고를 보는 것만 해도 여섯 번 정도나 된다. 내 눈에는 완벽해(?) 보이는 원고인데도 말이다. 그러니 처음 책을 쓰는 사람이라면 원고를 얼마나 많이 봐야 할까? 답은 얘기하지 않아도 될 듯하다. 이제 긴 한숨은 그만하고, 그 시간에 원고를 더 볼 수밖에 없다. 원고 보는 시간을 줄이는 일은 역시나 계속 얘기하고 있지만 글을 쓸 때부터 함께 쓰고, 돌려 읽어봐야 한다.

## 맞춤법, 띄어쓰기보다 중요한 것

"저는 맞춤법이랑 띄어쓰기에 자신이 없어서 글을 못 쓰겠어요.
그래서 책은 더 엄두를 못 내겠어요."
"책을 쓰는 데 맞춤법이랑 띄어쓰기는 그다지 중요하지 않아요."
"그래요? 왜요? 저는 작가들은 맞춤법이랑 띄어쓰기를
엄청 잘하는 줄 알았는데요."
"맞춤법이랑 띄어쓰기는 출판사 편집부 사람들이 더 잘하죠.
작가는 자신 생각을 글로 잘 써야 하고요."

내 주변 많은 사람들이 맞춤법이나 띄어쓰기를 모르면 나에게 물어오곤 한다. 내가 무슨 걸어다니는 사전도 아닌데, 그럴 때 "나도 잘 몰라요" 하며 자신 없는 말투로 말하면 그럴 리가 없다는 표정이다. 물론 기본적인 맞춤법과 띄어쓰기, 문장에 대한 이해는 일반 사람보다 낫겠지만, 나 역시 완벽하지 않다는 얘기다.

작가는 글을 쓰는 사람이다. 작가가 쓰는 글에는 작가 생각이 담겨 있기 마련이다. 그래서 사람들은 책을 읽는다. 책을 읽는다는 것은 작가 생각을 읽는 셈이다. 그래서 책을 쓰는 작가가 신경써야 하는 부분은 맞춤법이나 띄어쓰기가 아니라 자신 생각을 잘 모으고, 그것을 책에 어떻게 담아낼 것인가이다.

고쳐 쓰기를 할 때는 다 쓴 원고가 내가 말하려는 생각이 잘 담겨져 있는지 제일 먼저 살펴보고, 그 다음에는 원고 처음과 중간과 끝이 조화로운지 살펴봐야 한다. 그렇게 살피면서 한 꼭지에 들어가는 글 분량이라든가, 그림이 들어간다면 그림도 잘 들어갔는지도 함께 살펴볼 일이다. 그런 다음 얼추 원고가 정리됐다는 느낌이 들면 그때서야 한 문장, 한 문장을 곱씹어보며 이 문장에 이 단어가 알맞게 잘 들어갔는지 살펴보면 된다.

원고를 보면서 맞춤법이나 띄어쓰기를 잘 모를 때, 요새는 웹사이트에서 검색을 해서 해결하지만 내가 글쓰기를 처음 배운 곳이라 생각하는 학보사에서는 사전을 찾아보게 했다. 그래서 선배들로부터 사전을 선물받는 것을 큰 자랑거리로 삼곤 했다.

교정교열을 하는 선생님을 술자리에서 만나 뵌 적 있다. '오자 없는 책은 인간미가 없다'며 오자낸 책을 결코(?) 부끄러워하지 않는 나였지만, 머리 희끗희끗하고 한눈에 봐도 교정교열을 잘할 것처럼 보이는 분을 보자 그만 얼굴이 화끈거렸다.

마침 그 분 댁에 그 자리에 있던 어떤 분이 놀러간 적이 있는데, 그 집에서 가장 인상적인 물건은 다름 아닌 사전이었다고. 너덜너덜한 사전이 몇 권씩이나 있고, 그 사전에도 찾을 수 없거나 모르는 단어가 있으면 국립국어원에 직접 전화를 해서 교정교열을 본다고 했다. 그런 얘기를 들으니 갑자기 나도 그런 사전 한 권 가지면 다시는 '오자 없는 책은 인간미가 없다'는 말을 하지 않을 것 같았다.

## 뜸을 들이자

"어떤 냄새를 좋아하세요?

커피 냄새랑 빵 냄새요?"

"저는 밥 냄새를 좋아해요."

"하하, 배고프신 건 아니죠?"

고쳐 쓰기를 하다 보면 몸은 물론 정신도 힘들다. '내가 쓰고 싶은 얘기가 정말 이걸까?' 싶어서 생각을 오래 하다 보니 머리도 무겁고, 매일 앉아 있다 보니 몸도 힘들다. 어느 정도 고쳐 쓰기가 진행됐다 싶으면 그간 고쳐 쓰기를 하면서 자신이 이것만은 꼭 확인해야겠다 싶은 것 위주로 확인을 하고 일단 수정한 원고를 책상에 고이고이 잘 놓아두자.

그런 다음 밥을 할 때 뜸을 들이는 것처럼 다른 일을 좀 하자. 원고를 쓰느라 하지 못했던 일들도 하며 몸과 머리를 좀 쉴 필요가 있다. 그래도 원고 생각이 중간중간 날 것이다. 그러면 그때 생각나는 것들을 잘 메모해두자. 이렇게 말하면 이렇게 하는 것이 쉬는 시간을 갖는 것이냐 싶겠지만, 이런 시간이 책쓰기에 굉장히 중요하다는 것은 책을 써본 사람만이 안다.

사람이, 그 사람이 쓴 책이 저마다 다르기에 이 뜸 들이는 시간을 어느 정도 가질 것인지 구체적으로 말하기는 어려울 듯하다. 어렸을 때, 어머니가 나에게 밥하는 법을 가르쳐주시길 밥을 할 때는 절대 솥뚜껑을 열어보지 말라고 하셨다.

그래서 나는 '밥이 언제 됐는지 어떻게 알까' 하는 생각이 들어서 어머니를 보고 "어머니, 밥이 다 됐는지 뚜껑을 열어보지 않고 어떻게 알아요?" 하고 물으니 그것은 밥 냄새를 맡으면 알 수 있다고 말씀하셨다.

그 냄새를 맡고 밥이 됐는지, 안 됐는지 알기까지는 그로부터 여러 해가 지나서야 알게 됐다. 밥이 다 됐는지 밥 냄새를 맡으면 어느 정도 알 수 있듯이, 자신이 쓴 원고도 뜸 들이는 시간을 가진 후 해결해야 할 내용이 어느 정도 해결했다 싶으면 이제 원고를 세상 밖으로 내보낼 시간이다.

그럼에도 불구하고, 여전히 해결되지 않은 문제가 있다면 어떻게 해야 할까? 그것은 미해결 문제로 남겨둬야 할까? 아니면 해결이 될 때까지 좀 더 뜸 들이는 시간을 가져야 할까? 나는 처음 책을 쓰는 사람이라면 해결되지 않은 문제대로 남겨두는 게 낫고, 원고를 그래도 좀 써본 사람은 최대한 자신이 문제를 해결하는 게 좋다고 말하고 싶다.

# 함께 쓰기

"함께 쓰기를 하신다고 했는데, 그거 어떻게 하는 거예요?"

"아, 함께 쓰기요?

말 그대로 책을 같은 시간에 만나서 함께쓰는 거예요."

"각자 다른 책을 쓰는 건가요?"

"네, 책쓰는 시간을 함께 하는 거예요."

이 책 〈책쓰기 어떻게 시작할까〉를 쓰려고 시작할 때 그간 책만 만들다가 거의 2년 만에 책을 쓰는 일까지 해야 하니 통 시간 내기가 어려웠다. 그래서 같은 책은 아니어도, 함께 같은 시간에 조용한 카페 같은 곳에서 만나서 각자 책을 쓰면 이래저래 핑계를 대며 빼먹지 않고 일정 시간 동안 글을 쓸 수 있지 않을까 했다.

그래서 생각한대로 페이스북에 이와 같은 내용으로 글을 올리자 한해를 정리하고, 새해를 준비하는 때여서 그랬는지 생각보다 많은 이들이 관심을 보였다. 종종 휴대폰 메시지로 같이 책 쓸 사람이 많이 모였냐고 묻는 사람부터 연말 어떤 모임에서는 직접 자신도 책을 써야 하는데 함께 쓰기는 대체 어떻게 하는 것이냐는 질문을 받기도 했다. 함께 쓰기라고 하니 한 책을 같이 나눠쓰는 줄 알았다는 사람도 있었고, 이렇게 바쁜데 어떻게 같은 시간에 모이자고 하는 거냐 등 '함께 쓰기'라는 말 한마디에 다양한 반응들이 나왔다.

많은 사람들이 새해 하고 싶은 일로 자신의 위시리스트에 책쓰기를 올려놓는다. 하지만 그 중 정말 책을 쓰는 사람 수는 어느 정도 될까? 아마 그 사람 중 1퍼센트도 되지 않을 듯하다. 그만큼 책쓰기는 거의 일 년을 다 써야 할만큼 긴 시간을 필요로 하는 일이기에 어려운 일이다.

그러기에 각자 다른 책을 쓰더라도, 누가 책쓰는 법을 가르쳐 주지 않아도 함께 모여 책을 쓸 수 있는 시간이 필요하다. 이렇게 함께 모이지 않아도 스스로 알아서 오늘도, 내일도 자신이 계획한대로 책을 써나가면 그 얼마나 좋겠지만 처음 책을 쓰기로 마음 먹은 사람 중 그런 사람은 극히 드물기에 하는 말이다.

주위를 잘 둘러보라. 책쓰기에 관심있는 사람 그도 아니면 글쓰기에 관심있는 사람에게 먼저 연락을 해서 글을, 책을 함께 써보는 것은 어떠냐고 물어보자. 아마도 생각지 못한 사람들이 손을 들 것이다.

이 책을 읽고 함께 쓰기를 만들어서 책을 쓰는 분들은 꼭 내 메일로 연락 한 번 주시라. 그 뿌듯한 현장을 꼭 내 눈으로 보고 싶다. 나도 그 곳에서 두런두런 함께 얘기 나누고, 함께 글을, 책을 쓰고 싶어진다.

## 돌려 읽기 효과

"글을 쓰는 게, 책을 쓰는 게 이렇게 솔직함을 필요로 하는 일인 줄 몰랐어요."

"그렇죠? 원고를 쓰는 중이니 책으로 나온 것도 아닌데도 누가 볼까 겁이 나죠?"

"맞아요! 그래서 이 원고를 다른 사람에게 어떻게 봐달라고 할까 벌써부터 걱정이에요."

책에 있는 내용을 어디서 갖다 쓴 것도 아니고, 원고를 쓰면서 거짓말을 하는 것도 아닌데 책을 쓴다고 원고를 쓰면 쓸수록 '원고를 다 쓰면 이걸 누구에게 가장 먼저 보여줄까?' 하는 생각이 들 때가 있다. 소설 같은 문학 작품은 허구를 인정하니 '그건 내 얘기가 아니야' 하고 원고를 보여주는 사람도, 그걸 받아서 읽어보는 사람도 부담감이 덜하겠지만, 이런 허구성이 들어가 있지 않은 원고를 쓰면 쓰는 사람도, 원고를 읽어달라고 부탁받아서 읽어보는 사람도 약간은 부담감이 들 때가 있다.

그래서 어떨 때는 나를 아예 모르는 사람에게 원고를 읽어달라는 편이 낫다. 그래도 나를 전혀 모르거나 원고에 대해 관심도 없는 사람에게 원고를 읽어달라는 것보다는 나를 그리고 원고 내용을 적당히 아는 사람을 만나면 더 좋다.

이런 느슨한 관계는 요새 블로그나 SNS을 활용하면 이런 문제를 어느 정도 해결할 수 있다. 다만 어떻게 해야 더 많은 사람들에게 원고에 대한 좋은 의견을 받느냐가 문제인데, 이것은 원고를 읽어달라는 출판사 리뷰어 모집 공고에서 좀 더 찾아보고, 적절하게 자신에게 맞춰 변형하면 더 효과적이지 않을까 싶다.

이렇게 원고를 다른 사람에게 공개해서 그들 의견을 들을 때도 이것만은 잊지 말자. 자신이 쓴 원고에 대해 좋은 소리와 그렇지 않은 소리가 있을지라도 그것은 나 아닌 다른 사람이 읽는 느낌이라는 것이다. 그런 의견을 받아들일 것인가, 그렇지 않은가는 전적으로 자신에게 달려있다. 그 의견 중에는 어떤 방향에 관한 얘기보다는 나의 감정을 건

드리는 상처가 되는 말도 있거나 좋은 의견이지만, 지금 상태에서는 받아들이기 어려운 것들도 있기 때문이다.

그러면 이렇게 받아들이기 어려운 얘기를 왜 시간을 들여 받아보라고 하는지 되물을 것이다. 하지만 이런 과정에서 꼭 수정하기 어려운 의견만 듣는 것은 아니다. 시간을 들여서라도 고칠 수 있는 것들이 대부분이고, 책을 낸 다음에는 그런 의견을 내준 이들 얼굴이 가장 먼저 떠오를지도 모른다.

'좋은 약은 입에 쓰다.'는 옛말처럼 나를 성장시키는 시간, 그것은 어쩌면 힘들고 듣기 싫은 말 속에 있을지도 모른다는 생각이 드는 요즘이다. 완벽한 새로움은 이 세상에는 없다고는 해도 세상에 있지 않은 것을 세상에 내놓는다는 작가라는 사람이 세상을 만들 때 어찌 외롭고, 힘들지 않을까?

다른 사람 얘기에 흔들리지 않고, 자신 작품 세계를 만들어가는 것도 작가수업 중 하나라 생각하고 다른 사람들 얘기에 귀 기울이는 시간을 꼭 가져보길 권한다.

## 사전 리뷰란

"블로그나 SNS에 사전 리뷰어를 모집해보라고 했잖아요."

"네, 그렇게 해보셨어요?"

"아직요. 그런데 그렇게 안 하면 안돼요?"

"왜요?"

"마음이 안 내켜요. 그렇게 하기에 제 블로그나 SNS가 유명하지도 않고요."

"그러면 주변 분 중에서 원고 읽어주실 분들을 찾으셔야겠어요."

사실 처음 책을 내는 사람 중 자신이 파워블로거나 SNS 팔로워가 엄청나게 많은 사람은 그렇게 많지 않을 것이다. 그럼에도 불구하고 자꾸 블로그나 SNS에 자신이 책을 쓰겠다는 것도, 책을 쓰는 과정도, 샘플 원고도 공개하고 다른 사람들 의견을 들으라고 하니 자신은 그렇게 하기가 어려운 환경이고, 자신 스타일이 아닌 것 같아서 내심 마음에 걸린다는 얘길 하는 이들이 있다.

물론 이들 얘기에 백퍼센트 이해가 간다. 유명 작가도 아닌 책을 처음 쓰는 사람이 자신 원고를 쓰자마자, 다른 사람에게 보여주고 싶은 사람은 거의 없다고 봐야 한다. 그럼에도 이렇게 내 원고를 읽어줄 그 누군가를 만나는 작업을 해보라고 하는 이유는 이 작업이 원고를 쓰고, 책을 쓰는 일에서 정말 중요하기 때문이다.

그래도, 그렇게 하기 어려운 이들에게는 다시 한 번 묻는다. 그러면 그들에게 그렇게 하지 않고 내 글을 알리고, 읽어줄 다른 방법을 마련해보라고. 이렇게 말하면 그냥 출판사에 보내면 되지 않냐고 물어온다. 그러면 그렇게 물어온 사람에 이렇게 얘기한다. 당신은 당신 자신을 너무 믿고 있는 것 같다고.

나 역시 〈글쓰기 어떻게 시작할까〉를 낼 때, 책에는 가급적이면 자신이 쓴 글을 다른 사람에게 많이 보여주라고 써놨지만, 핑계라면 그 당시 나는 출간 일정이 몹시 급했다. 그래서 나 혼자 원고를 쓰고, 나 혼자 교정교열을 보니 당연히 보이지 않은 오자와 탈자가 있을 수밖에 없었다.

그 결과 그 책으로 나중에 글쓰기 수업을 하는데, 내용은 그렇다 치고 오자, 탈자 때문에 마음이 편하지 않았다. 그래서 다음에 책을 내면 나 아닌 다른 사람에게 보여주는 작업은 정말 꼭 해야겠다는 생각이 들었다. 그래서 이번 책은 책을 쓸 때부터 SNS에 올리기 시작했다. 그랬더니 책 내용은 물론 책 디자인도 이렇게 했으면 한다는 얘기도 나왔다. 참 고마운 얘기들이 아닐 수 없다.

자신 블로그나 SNS에 자신 원고를 공개하기 어려우면 최소한 가족에라도 보여줘야 한다. 세상에서 가장 설득하기 어려운 존재가 가족이라고 한다. 그런 가족들이 원고를 읽어봤을 때 어느 정도 수긍이 가거나 의견을 줄 수 있는 정도라면 일반 리뷰어 열 명 정도 의견을 모은 것과 같을지도 모른다. 이런 리뷰어 의견을 꼼꼼이 적어두고, 뜸을 들인 내 원고를 다시 한 번 살펴보자. 그러면 내가 쓴 원고지만, 또 다른 모습의 원고를 보게 될 것이다. 한 자, 한 자 시간과 땀을 모은 것에는 힘이 있다. 내가 쓴 원고에서 어떤 힘이 느껴지는지 다시 한 번 느껴보자.

# 책을 내는
# 기존 방법과 새로운 방법

"네팔책을 낼 때 텀블벅을 해보셨다고 들었어요."

"네, 할까 말까 고민하다가 경험삼아 해봤는데,

작가님 파워가 있어서 성공적으로 마무리할 수 있었어요."

"텀블벅 펀딩받을 때 엄청 준비할 것도 많다던데요."

"그렇더라고요. 다 준비하고도 글을 올리고 펀딩을 오픈하기까지

꼬박 이틀이나 걸렸어요."

텀블벅이란 사이트를 알게 된 지는 좀 됐다. 하지만 개인도 아니고 1인 출판사이지만 출판사에서 텀블벅으로 책을 낸다는 게 원고를 준 작가에게도 그렇고 다른 사람들이 보기

에 어떨지 내심 궁금했다. 하지만 그런 시선보다 제작비 걱정이 앞섰다. 〈네팔은 여전히 아름답다는〉는 일반 여행 정보를 담은 단순 여행책은 아니었지만, 그렇다고 흑백이나 2도 인쇄가 어울리지 않는 책이었다.

해서 조심스럽게 서윤미 작가에게 텀블벅으로 인쇄비 정도를 한 번 모아보면 어떻겠느냐고 물었다. 서 작가는 흔쾌히 그러자고 했다. 텀블벅 사이트에서 개인 후원이지만, 후원을 받기 위해서는 많은 준비가 필요했다. 책이 나오지 않은 상태지만, 어떤 책인지 후원자들에게 자세히 보여줘야 했기 때문이다.

그래서 보통 단행본 작업 때와는 다르게 표지부터 작업하고, 단행본과 함께 다양한 가격대로 선물을 준비했다. 또 사진작가를 써서 후원자들이 선물을 잘 선택할 수 있도록 사진 촬영을 하기도 했다. 그렇게 다 준비하고도 정작 텀블벅 사이트에 책 내용을 올린 후 텀블벅 진행자와 커뮤니케이션을 해서 펀딩을 오픈하기까지 꼬박 이틀이 걸렸다.

그때만 해도 목표액의 180퍼센트 가까운 금액이 모일

줄은 꿈에도 생각하지 못했다. 하루 24시간이 지나자 목표액 3백만 원이 모아졌다. 어떤 사람들은 목표액이 지나치게 너무 적다는 얘기도 했다. 목표액이 성공적으로 모아진 후에도 할 일은 아주 많았다. 책을 완성도 있게 뽑아내는 것도 그 중 하나였고, 책이 나오자마자 후원자가 선택한 책과 선물을 확인하고 개별포장을 해서 보내는 일도 손이 하나하나 가야 했기에 정말 힘들었던 기억이 난다.

물론 서 작가도 아는 사람들을 총 동원해서(텀블벅 후원 70퍼센트는 작가 아는 사람으로부터 이뤄진다) 후원에 참여하게까지 우리나라도 아닌 네팔에서 애를 아주 많이 써줬다. 이 얘기는 따로 서 작가 서면 인터뷰를 통해 좀 더 담아봤다. 참고하길 바라고, 중요한 것은 이렇게 텀블벅 후원을 받으려면 앞에서도 계속 얘기하고 있지만, 평소 책으로 담아내려는 얘기를 꾸준히 온오프라인에서 얘기해야 한다.

## 공모전에 참여해보자

"사이트에 안 들어가지네요."

"어떤 사이트인데요?"

"오늘 브런치 공모전 발표날이거든요!"

"아, 그럼 원고를 그 공모전에 내보신 거예요?"

"네."

책을 내려고 원고를 처음 쓰는 사람은 할 일이 참 많다. 먼저 원고를 다 쓰는 게 가장 중요하고, 원고를 다 쓰고도 출판사에 원고 투고용 각종 문서 작업인 작가소개서와 출간계획서, 샘플 원고도 추려야 한다. 그런 다음에는 어떤 출판사에 원고 투고를 할지 출판사 검색을 한참 해야 한다.

그리고는 무슨 이력서와 자기소개서를 보내는 것도 아닌데, 떨리는 마음으로 읽어볼지 안 읽어볼지도 모를 원고 투고 메일을 보내야 한다. 게다가 원고 투고 메일은 또 얼마나 많이 보내야 하는지, 어쩌면 답이 없는 연인에게 보내는 편지 같기도 하다.

요새 메일을 열어보면 종종 엇비슷한 작가소개와 출간 계획서가 들어있어서 깜짝 놀라기도 한다. 물론 아직도 이런 형식을 하나도 갖추지 않은 원고 투고도 있다. 하지만 해가 갈수록 이런 원고 투고 형식면에서는 많이 보편화가 된 듯하다.

하지만 중요한 것은 책 내용과 이 책을 쓴 작가다. 어떻게 하면 원고 투고용 메일을 잘 보낼 수 있을지 그것은 부록에서 다시 얘기해보기로 하고, 지금은 원고 투고에 의한 책 출간 외에도 요즘 유행하는(?) 공모전에도 참여해보라고 일러주고 싶다. 다 쓴 원고를 갖고만 있어서는 유명한 작가라 할지라도 책으로 나오지 않는다.

일반적인 방법인 출판사에 원고 투고를 해보는 것과 함께 책을 내기 위해서 블로그에 꾸준히 자신 원고를 올렸던 사람이라면 브런치 같은 곳에서 하는 공모전에 원고를 내보는 것도 한 방법이다. 또 출판사에서 하는 공모전도 참여해보고, 매년 한국출판문화산업진흥원에서 주최하는 우수

출판콘텐츠 제작 지원 같은 곳에도 원고를 내보면 좋을 듯 싶다.

각 공모전은 전 해와 비슷한 일정으로 치러지고 있기에 원하는 공모전 일정을 한 번 다 정리해서 차근차근 원고를 보내는 것도 한 방법이리라. 출판사 공모전은 각 개인이 좋아하는 출판사가 다르므로 일일이 다 말해주기가 어렵고, 한국출판문화진흥원에서 하는 우수출판콘텐츠 제작 지원은 매년 3월에 원고 접수를 받는다.

출판사보다 개인이 지원하면 서류도 대폭 줄어들고, 지원을 받게 되면 출판사도 자신이 직접 고를 수 있다. 물론 이 또한 하늘에 별따기 정도로 지원 받기가 어려운 공모전이다. 그래도 원고를 다 쓰고도 출판사에 원고 투고 몇 번 하고 그대로 고이고이 간직하는 것보다는 몇 배 나은 일이니 처음 책을 쓰는 사람이라면 꼭 한 번 지원해보길 바란다.

## 독립출판에 대해

"독립출판이 뭐예요?"

"출판사에서 책을 내지 않고, 작가 자신이 책을 만들어 자신이 원하는 곳에서 유통하는 것을 말해요."

"아는 분이 책을 내려고 한다고 하니 독립출판도 한 번 생각해 보라고 해서요."

가끔 독립출판이나 독립책방, 동네책방에 대해 물어오는 이들이 있다. 그리고 그런 곳에 책을 갖다 놓으면 어느 정도 팔리느냐는 질문도 하신다. 이런 분들은 주로 책은 대형서점에서만 사고파는 것으로 알고 있는 이들이다.

동네책방, 독립책방이 어느 순간 우리 곁에서도 발견할 수 있을 만큼 그 수가 많아졌다. 그런 덕에 일반 서점에서 볼 수 없는 독특한 책들을 만날 수 있기도 하다. 그러나 일반 서점에서 유통되는 책들과 독립서점에서 유통되는 책들은 그 느낌과 내용이 사뭇 다르다. 그런 면에서 일단 처음 책을 내려는 이들은 자신 책이 어떤 곳에서 유통되기를 바라는지 결정하고 책쓰기를 시작하는 것이 필요하다.

하지만 시중에 베스트셀러가 된 몇몇 책들은 처음에는 독립출판물로 내서 독립책방에서 인기를 끌었던 책을 그 다음에는 출판사에서 책을 내서 일반 서점에서 인기를 끄는 경우도 있다. 하지만 이런 경우는 극히 드물고, 아직까지는 처음 책을 써서 출판을 한다고 하면 출판사에 원고 투고를 해서 혹은 공모전에 입상해서 책으로 출간되는 것을 말한다.

그러나 앞으로는 독자가 책을 만나는 곳이 더욱 다양해질 것이다. 때문에 기존 시장만 생각하지 말고 다양하게 문을 열어놓고 책쓰기를 하면 더 좋은 결과를 얻지 않을까 생각한다.

독립서점, 독립출판이 궁금하면 일단 한 번 독립서점이나 동네책방에 나들이를 가보자. 사람에 따라 조금은 다르겠지만, 아마 일반 서점에서보다 훨씬 더 책들이 눈에 잘 들어올 것이다. 독립출판으로 자신 책을 처음 내려는 이들은 원고를 다 쓴 다음에 편집디자인을 해야 하고, 편집디자인을 다 하면 교정교열을 해야 한다.

그런 후에는 인쇄도 해야 하고, 책으로 나온 후에는 동네책방이나 독립서점에 입고도 해야 한다. 요새는 독립출판물 만드는 방법이나 입고 요청을 어떻게 하는지도 독립책방이나 동네책방에서 종종 강의를 한다.

일단 책을 내려는 이들은 이런 강의를 한 번쯤은 들어도 좋을 듯싶다. 무엇이든 선택을 하려는 것에 잘 알고 있어야, 이해가 있어야 옳은 판단을 내릴 수 있기 때문이다. 이런 강의를 듣고 자신이 내려는 책이 일반 서점에 어울릴지, 아니면 독립책방이나 동네책방에 어울릴지 판단하고 책쓰기를 시작해도 늦지 않다.

물론 독립출판이나 동네책방에 책을 낸다고 해서 책 내는 모든 과정을 자신이 다 할 필요는 없다. 요새는 이런 출판만 전문적으로 상담하고 책으로 만들어 주는 사람도 있는 것으로 알고 있다.

# 원고 투고는 이렇게

"원고 투고를 보낼 때 작가소개는 어떻게 써야 할까요?

이력서 보낼 때처럼 써서 보내면 안 되죠?"

"물론이죠. 요새는 원고 투고 양식을 어떻게 다 아시고

잘 보내주시던데요?"

"하나 보여주실 수 있으세요?"

회사에 들어가기 위해서 이력서를 쓸 때도 이력서보다 자기소개서 쓰기가 더 어려웠듯이, 원고 투고를 하려 할 때도 작가가 되려는 자신 소개하기가 더 어렵다. 그래서 그런지 어떤 분들은 원고 투고 메일에서도 이력서처럼 자신을 소개하는 사

람도 있고, 어떤 이들은 이 모든 것을 다 생략하고 책에 들어가는 것처럼 짤막하게 자기 소개를 보내주는 이들도 있다.

하지만 내 책을 처음 내려고 원고 투고를 할 때 자신 소개는 조금 더 자세할 필요가 있다. 사실 우리나라만 이런 현상이 있는지 잘 모르겠지만, 책 내용만으로 책을 낼 지, 안 낼 지 판단할 수 없다. 그렇다고 책 내용이 좋지 않아도 된다는 말은 아니다. 이 말은 책 판매에 있어서 어떤 작가가 그 책을 썼느냐가 중요한 시대에 살고 있다는 것이다. 안타까운 현실이지만, 그럴수록 한편으로는 대형 출판사에서 유명한 작가 책만 내는 것보다 다양한 출판사에서 조금 더 다양한 책들을 펴내는 것이 좋다는 생각이 든다.

그래도 현실은 냉정하다. 처음 책을 쓴다고 열일 제쳐두고 코피 터지게 열심히 쓰고 난 다음 원고 투고 메일을 보내면 그 출판사로부터 계약은 둘째 치고 잘 받았노라고 감사 메일이라도 받을 줄 알았건만, 깜깜 무소식도 너무 무소식이시다.

잠깐 퀴즈 하나 내볼까 한다. 원고 투고 메일을 보내면 출판사에는 작가소개, 출간계획서, 샘플 원고 중 가장 먼저 열어보는 첨부파일은 무엇일까? 답은 작가소개다. 물론 메일을 열었으면 메일 내용을 먼저 살피겠지만, 메일 내용이 이상하지(심하게 메일을 못 썼다든지, 우리 출판사가 아닌 다른 출판사 내용이 담겨있지 않는 이상) 않으면 편집자가 가장 먼저 살펴보는 것은 다름 아닌 작가소개서이다.

그런 만큼 작가소개가 중요하다. 아마도 작가소개가 괜찮으면 다음에는 출간계획서 혹은 샘플 원고를 살펴볼 것이다. 그럼 작가소개를 어떻게 써야 잘 썼다고 소문이 날까? 구체적인 예는 부록에 실린 작가소개 작성법을 참고해보자.

아마도 내가 지금 적은 작가소개와는 차이가 있을 것이다. 물론 이렇게 똑같이 작가소개를 하란 법은 없다. 하지만 적어도 이런 정도는 작가소개에 써놓아야 '아, 이 사람은 이런 사람이구나. 그래서 이런 주제에 관심을 갖게 됐고, 이런 책을 쓰게 됐구나.' 하면서 자연스럽게 '그럼 이 사람이 내려는 책은 어떤 책일까?' 하는 생각이 들고 출간계획서나 샘플 원고를 열게 된다는 것이다.

# 출간계획서는 이렇게

"그런데 그 주제는 어떻게 하다가 관심을 갖게 됐어요?"

"아, 제가 출간계획서에 쓴다고 썼는데……."

"그래요? 저도 읽는다고 읽었는데요?

잘 모르겠던데요. 하하하."

원고를 다 쓰고 내 책이 이 출판사에서 나왔으면 좋겠다 싶은 출판사를 찾아서 그 출판사에 내 원고를 보내는 일은 참으로 떨리는 순간이다. 이것을 원고 투고라고 하는데, 옛날 드라마나 영화를 보면 누런 봉투에 원고를 일일이 다 프린트해서 보냈다는 것을 알 수 있다.

하지만 지금은 거의 다 인터넷으로 메일을 통해 원고 투고를 한다. 재미있는 것은 원고 투고라는 게 해당 출판사 최근 책이 여행책이면 거의 여행책만, 인문책이면 인문책만 들어온다는 것이다. 그런 원고 투고를 보면서 드는 생각은 원고 투고를 할 때 출판사를 조금 더 자세히 살펴본 다음 원고 투고를 해보면 어떨까 싶다.

이번 책이 여행책이라고 다음 책도 여행책을 내란 법은 없다. 그리고 다음 책을 원고 투고로 잡기에는 출판사에서 시간이 너무 촉박한 감도 있다. 그러니 출판사에 원고를 보낼 때는 이 출판사가 낸 바로 앞 책만 살필 것이 아니라 좀 더 시간을 길게 잡고 그 출판사가 낸 전체 책들을 살펴볼 필요가 있다. 더불어 규모가 작은 출판사라 할지라도 자신과 잘 맞는 출판사에 원고를 보내는 것이 중대형 출판사에 원고를 50번, 100번 보내는 것보다 낫다.

자신 원고에 맞는 출판사를 찾았다면 메일로 자신 소개와 출간계획서 그리고 샘플 원고를 보내보라고 권하고 싶다. 그 중 출간계획서는 말 그대로 출간계획서이다. 내 원고는 이런 원고이니 이 원고를 이렇게 해서 이런 책으로 만들고 싶다는 계획서로 보통 이런 출간계획서에는 책 제목(가제), 책 내용 요약, 차례, 집필 목적, 마케팅 방안, 타 도서와의 차별점 등을 담는다.

그런데 출간계획서에서 많은 편집자들이 작가로서 마케

팅을 어떻게 할지에 관한 부분에 관심이 많다. 중대형 출판사에서 편집자 지위(?)는 베스트셀러를 냈는가? 그도 아니면 몇 부가 팔린 책인가에 따라 회사 내 대우가 달라진다고 들었다. 그렇다 보니 내용도 내용이지만, 이 출간계획서대로 책을 만들면 어느 정도 책이 팔릴까를 이런 원고 투고 메일을 보고 감을 잡는 것이다. 물론 이런 감을 잡을 때 원고 투고 문서만 검토하는 것은 아니다. 하지만 전작이 없이 처음 책을 내려는 사람들은 참고할 만한 자료가 원고 투고 메일밖에 없기에 이에 대한 중요도가 그만큼 높아지기 마련이다.

출간계획서 쓰는 일에 공을 들이자. 특히 처음 책을 쓰는 사람이라면 더더욱 공을 들여야 할 부분이다. 문서를 쓰는 기본은 그 문서를 보는 사람 입장에서 쓰는 것이다. 다 쓴 뒤 지금 내가 쓴 출간계획서를 출판사 편집자가 되어 다시 살펴본다면 분명 고쳐야 할 곳이 눈에 들어올 게다.

팁을 하나 드리자면, 너무 자신에 차서 자신 책을 일 년에 만 권 팔 것이라는 등의 얘기는 쓰지 않는 것이 좋다. 마케팅 방법이라 해도 부풀린 숫자보다는 사실에 근거해서 진실되게 한 자, 한 자 쓴 문서는 사람 마음을 움직인다. 처음 책을 내는 사람에게 초판부수인 1천부, 2천부는 결코 적은 숫자가 아니다.

## 원고 투고 메일링은 이렇게

"원고는 다 썼는데, 메일을 못쓰겠어요."

"왜요?"

"그러게요. 왠지 떨리고 그러네요."

"원고 보낸다고 다 되지 않아요. 한 50군데 보내면 한두 군데에서 답장이 올까 말까예요."

어떤 일이든 그럴 때가 있다. 준비를 한다고 했는데, 막상 행동으로 옮기기에는 무언가 움츠러들 때. 그 때는 때를 조금 더 기다리는 게 좋다. 몇날 며칠 아니 몇 달을 걸쳐서 원고를 다 썼어도, 그 원고를 보낼 출판사를 다 찾았어도, 작가소개와 출간계획서, 샘플 원고를 다 준비했어도 이제 메일만 보내면 되는데 그게 잘 안 될 수 있다.

그 때 대충 빨리해서 원고를 보낼 생각을 하지 말고, 조금 더 기다리면서 왜 내가 이렇게 원고를 못 보내고 있는지 자기 자신에게 물어봐야 한다. 그러면 정답은 아니지만 '아직 부족해.' '원고를 좀 바꿔야겠어.' '다른 사람에게 좀 더 읽어달라고 할까?'라는 마음의 소리를 들을 수 있을 것이다.

원고를 보내는 일은 이런 시간이 지난 다음 보내도 충분하다. 그런 다음 메일 하나에 한 회사 메일주소만 적어서 최대한 형식을 갖춰서 꼼꼼하게 메일을 쓸 필요가 있다. 종종 원고가 들어와서 메일을 열어보면 받는 사람에 우리 출판사 말고도 주루룩 다른 회사 메일주소가 적혀있는 단체 메일을 받곤 한다. 일을 나 편하게 하자 치면 상대에게 좋지 않은 인상을 준다.

왜 원고는 정성스럽게 잘 써놓고, 메일은 이렇게 보내는지 이해가 안 된다. 이런 사람은 메일 내용도 우리 회사에 보내는 메일인지, 다른 회사로 보내는지 알 수 없게 적어놓곤 한다. 메일이 아무리 업무용이라지만 편지 아니겠는가? 편지의 핵심은 진심이다. 내가 왜 이 출판사에서 내 책을 내고 싶은지 그 이유와 이 책은 어떤 책인지 원고파일을 열어보기 전 상대에게 알 수 있게 얘기해야 한다.

업무용 메일의 기본 글쓰기가 궁금한 사람은 이 책 전작인 〈글쓰기 어떻게 시작할까〉를 한 번 읽어보길 바란다. 내가 쓴 책인데 내 입으로 정말 좋은 책이라고 얘기는 못하지만, 글쓰기에 관심 있는 사람이라면 여러모로 도움은 되는 책이라 생각한다. 이 책에 있는 메일 보내는 법을 한 번 읽어보고 그 내용을 바탕으로 메일을 작성하면 '아, 이 사람은 기본은 하는군.' 하는 메일을 쓰게 될 것이다.

출간계획서를 쓸 때도 얘기했지만, 나 아닌 다른 사람에게 쓰는 글의 기본은 내가 그 사람 입장에서 글을 쓰는 것이다.

# 책을 낸 사람과 그렇지 않은 사람

"주위에서 책을 하도 내라고 해서요. 저는 책 써서 유명해지는 걸 원하지 않아요."

"강의를 하시니 그런 것 같아요."

"그럴까요? 아무래도 강의를 계속 하시면 교재는 아니어도 책이 있으면 강의 듣는 사람이 참고 삼아서 볼 수 있어서 좋기는 하죠."

"그런데 시간이 통 나질 않아요."

사람들을 만나 보면 어떤 사람은 책을 내기에는 아직 시간이 더 필요한데도 빨리 책을 내고 싶어 하는 사람이 있는가 하면, 어떤 사람은 책을 내면 좋을 것 같은데도 책을 내는 일을 미루는 이들이 있다.

그런 사람들을 볼 때마다 '책을 내기에 좋은 때가 있을까' 하는 생각이 들곤 한다. 좋은 때라, 그것은 직장생활을 하거나 어떤 일을 한 지 그래도 십 년은 넘어야 책을 낼 수 있지 않을까 싶다. 옛말에 십 년이면 강산도 변한다고 하지 않았는가. 자기가 지금 하고 있는 일에 십 년이 넘었다면 '나도 책을 한 번 써볼까?' 하는 생각을 해봐도 좋을 듯싶다.

여기서 하는 일이란 꼭 직업으로 삼고 있는 일만을 얘기하는 것은 아니다. 요새 방송인 김생민 씨가 자주 하는 말인 '취미를 돈으로 연결시키라'고 하는 것처럼 오랫동안 취미를 했다면 그것을 책으로 옮겨보는 것도 한 방법이다.

직업, 취미만 책으로 낼 수 있을까? 주부 10년이면 이제 갓 결혼한 새내기 주부에게 할 말도, 알려줄 얘기도 많을 것이다. 내가 아르바이트 생활만 10년이라면 이제 막 아르바이트를 시작한 사람들에게 해줄 말도 어마어마할 것이다. 이 얘기를 하고 있으니 얼마전 카카오 브런치 대상으로 선정된 원고 주제가 떠오른다. 그 주제는 다름아닌 '이사'와 관

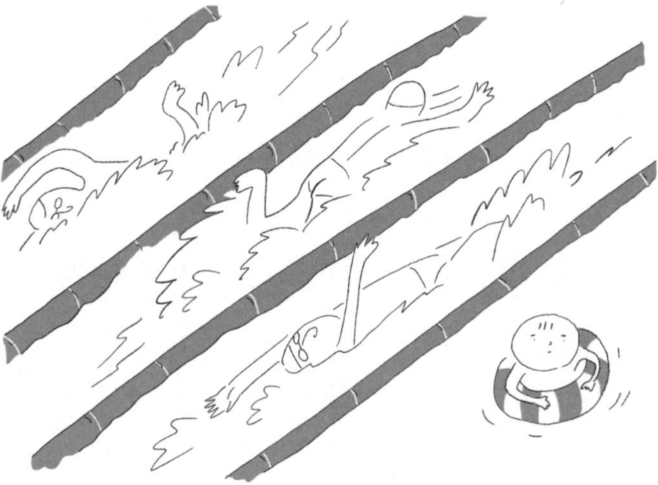

련된 얘기였다.

책 주제는, 당신이 책으로 쓸 책 주제는 어쩌면 당신이 아직 발견하지 못했을 수 있다. 먹고사는 일에 급해서 나를 잃어버리고 다 늙어서 자신을 찾지 말고, 이제라도 나 자신을 잘 살펴서 책으로 낼 주제 하나씩을 발견하자. 계속 하는 말이지만, 모든 사람은 이야기 하나쯤은 다 갖고 있는 법이니까 말이다.

이제 책은 국문과를 졸업하거나 문학창작학과를 졸업한 사람들만 쓰는 시대가 아니다. 원래부터 책이란 그런 것이 아니었을지도 모른다. 여튼 책 한 권을 쓰기를 원하는 사람이라면 자신의 첫 책이 굉장히 중요하다는 것만 기억하고 있으면 된다. 그 사람의 첫 책이란 두 번째 책을 낼 때 출판사에서 전작이 얼마나 팔렸나를 살펴볼 때도, 나중에라도 그 작가를 생각할 때 '아, 이런 책을 첫 책으로 냈구나.' 하는 것을 볼 때도 중요한 요건이 된다.

그 사람의 첫 책은 그 사람의 첫 인상과 같다. 첫 책 주제를 잘 잡아서 그 주제를 끈기 있게 밀고 나갈 때 어쩌다 책

한 두권을 낸 아기작가에서 이제 어엿한 작가라는 말이 잘 어울리는 그런 사람이 되어있을 것이다.

## 책을 한 번 이상 낸 사람

"책을 계속 써야겠죠?"

"네? 책 한 권을 몇 년 전에 냈거든요."

"그럼요. 한 번 내셨으면 계속 내시는 게 좋죠."

나 역시 책만 만들다가 〈글쓰기 어떻게 시작할까〉를 써보니 사람들이 책 한 권을 쓰고 나서  왜 비슷한 주제로 계속해서 책을 쓰는지 알게 됐다. 바로 한 권을 써보면 자신이 이번 책에서 담지 못한 부족함이 보인다. 그래서 다음 책에는 그런 것을 잘 녹여서 잘 담고 싶어서 같은 주제로 혹은 비슷한 주제로 계속 책을 내는 게 아닐까 싶다.

그런데 또 처음 책을 쓰는 사람들이 잘 하지 못하는 게 이 부분이다. 책 한 권을 너무 힘들게 내다 보니 다음 책은 아예 생각을 하지 않은 채 일 년이 지나고, 또 이년이 지난다. 그러면 주위 사람들이 다음 책은 언제 나오느냐고 물어온다.

나 역시 책 만드는 것에 파묻혀서 책 한 권을 낸 아기작가(우리 딸이 책 한 권을 냈으니 나보고 아기작가란다)인 것을 까마득하게 잊고 있었다. 그러다가 최종규 작가님과 책 얘기를 하다가 "그런 얘기는 이 대표님도 잘 쓰실 수 있어요. 이 대표님도 이제 두 번째 책을 쓰셔야죠." 하는 바람에 '아, 나도 책 한 권을 냈었지. 이제 두 번째 책을 써야겠다.'는 생각이 들었다.

이렇게 주변에서 두 번째 책을 쓰라고 하지 않아도 스스로 두 번째 책은 이런 내용으로 언제쯤 내고, 세 번째 책은 이런 내용으로 언제 내야겠다는 계획을 하는 게 좋다. 아이 말대로 책 한 권을 내면 아기작가다. 어린이 작가를 거쳐 진짜 어른 작가가 되려면 몇 권의 책을 내야 할까? 책을 많이 쓴다고 진짜 어른 작가가 될까? 분명 그런 것은 아닐 것이다. 하지만 책을 한 권 낸 사람과 책을 열 권 낸 사람 중 책 내용을 보지 않고 책을 선택하라고 하면 많은 사람들이 책을 많이 낸 사람 책을 택할 것이다.

두 번째 책을 쓰고 있자니, 자연스럽게 다음 책은 어떤 책으로 써야겠다는 생각이 든다. 물론 이번 책은 처음부터 시리즈로 생각하고 쓰는 것이라 그럴 수도 있지만, 이게 다 두 번째 책을 쓰는 좋은 점이 아닐까 싶다. 내 세 번째 책은 〈책만들기 어떻게 시작할까〉이다. 스토리닷 5주년을 맞아서 나올 이 책은 그간 스토리닷에서 나왔던 책이 어떻게 만들어졌는가를 얘기하면서 책만드는 얘기를 해볼까 한다.

# 책 그 너머 이야기

"책을 쓰면서 저 자신이 참 행복했어요."

"왜요?"

"오랜만에 저 혼자만의 시간을 갖는 것도 좋았고,

책을 쓰는 동안 나를 돌아보는 기회가 된 것 같아요.

쉰 살 넘어 책을 꼭 하나 내고 싶어서 책을 쓰기 시작했지만,

지금 생각하니 책 쓰는 시간이 더 좋았던 것 같아요."

누가 그런 소리를 했다. 여행을 가장 재미있게 하는 방법은 종이와 펜 그리고 자그마한 악기를 하나 갖고 다니면서 하는 것이란다. 거기에 나는 종이와 펜으로 그림만 그리지 말고, 글도 쓰면 더 멋진 여행을 할 수 있다고 말한다.

삶은 어떻게 보면 나를 위한 또 다른 여행이다. 그런 삶을 살면서 많은 사람들은 책 한 권 내는 게 소원이라고 말한다. 또, 내 인생 얘기를 하면 책 한 권 분량으로도 모자란다는 사람도 있다.

작가만큼 효율적인(?) 직업이 어디 있을까? 요새는 노트북 하나만 있으면 자신 작품 속에 모든 것을 만들어낼 수 있다. 내가 생각해도 작가는 대단한 직업 같다. 물론 그런 대단한 작가가 되려면 부단한 노력과 약간 천재성도 타고 나야 하겠지만, 앞으로의 세상에서도 작가는 훌륭한 직업이 될 것이다.

그럼에도 불구하고 처음 책을 내려는 사람들은 돈 때문에, 남들이 알아주니까, 남들 앞에 서는 것을 좋아서 책을 내려 한다면 조금 조심해야 한다. 책은 애초 그런 것이 아니다. 지금은 책이 책보다 다른 역할을 많이 하는 시대이지만, 시간이 흘러도 책은 책이다.

책 너머 무엇이 있을까? 팟캐스트를 통해 책을 내서 베스트셀러가 된 사람도 있고, 독립출판을 했다가 그것을 다시 책으로 냈는데 그 역시 어머어마한 인기를 끈 사람도 있다. TV에서 어느 작가가 책 이름만 언급했을 뿐인데, 절판 위기에 있던 어떤 책은 그 책 뿐만이 아니라 다른 책들도 함께 인기를 끌게 됐다는 얘기도 있다. 영화나 드라마 원작인 책들은 그 인기에 힘입어 책으로 나오자마자 베스트셀러가 되기도 한다.

독립출판, 독립책방 얘기를 나누면서 앞으로의 출판에 대해 어떻게 생각하느냐는 질문을 받았다. 나는 그 질문에 한마디로 더 재미있어질 것이라고 얘기했다. 그 재미는 좀 더 새로운 시도로 좀 더 다양한 책들이 많이 나올 것 같다는 얘기다. 여기서 스토리닷 회사명을 얘기하면 좀 그렇지만, 애초부터 나는 모든 사람들은 저마다 얘기를 갖고 있고 모든 사람은 작가라 생각한다. 우리 곁에 이제 곧 그런 시대가 다가오고 있다.

# 그럼에도 책을 쓰지 못하는 사람들

"책을 쓰려면 얼마나 책을 읽어야 하나요?

또 얼마나 글쓰기 연습을 해야 할까요?"

"사람마다 다르겠지만, 책을 쓰는 데 책을 읽고 글쓰기 훈련이

필요한 건 사실이에요."

"그렇죠? 저는 아직 멀었겠네요. 책도, 글쓰기 연습도

많이 못했으니까요."

"그런데 그런 준비를 열심히 하신 분들도 막상 책쓰기가

어렵다는 분들도 있어요. 그러니까 책을 쓰려고

마음 먹은 주제가 있다면 일단 써보세요."

앞에서도 얘기했지만, 어떤 일이든 너무 생각만 많아서는 일이 안 된다. 그 일이 될지, 안 될지는 몸으로 부딪혀봐야 한다. 내가 얼마나 내 생각을 글로 옮길 수 있을지, 없을지는 그냥 생각만 해서는 안 된다. 펜으로 종이에 꾹꾹 한 자, 한 자 써봐야 내가 나를 알 수 있다. 노트북으로 깜박깜박하는 커서에 따라서 내 생각을 줄줄 잘 풀 수 있을지, 없을지는 백 날 생각만 하고 있다고 해결될 문제가 아니다. 일단 써야 한다. 일단 써봐야 밥이 되든, 죽이 되든 내가 책을 쓸 수 있을지, 없을지 알 수 있다.

어디서 그런 소리를 들은 적 있다. 요새 아이들은 대학을 졸업할 때까지 자신이 하고 싶은 일을 정하지 못하고, 하고 싶은 일도 없다고 하는데, 그것은 자신에 대한 탐구가 부족하기 때문이라고. 이런 자신 탐구, 한마디로 자신이 누구인지 잘 알기 위해서는 그 무엇보다 책을 많이 읽어야 한다는 얘기였다.

책을 읽으면 자신을 잘 알 수 있을까? 확실하게 그런지는 잘 모르겠지만, 책을 읽으면서 생각이 넓어지기는 하는 것 같다. 왜 책 읽는 것을 간접경험이라고 하지 않는가? 어렸을 때부터 그런 간접경험을 많이 한 아이와 그렇지 않은 아이는 분명 다를 것이다. '내가 이 책 주인공이라면?' '내가 이 상황이라면?' '왜 이 사람은 그런 일을 하게 됐을까?' 생각하며 책을 읽는 이런 시간 동안 자신은 물론 세상을 조금씩 알아가는 것은 아닐까 한다.

내가 보기에 자신도 어느 정도 아는 것 같고, 그 정도라면 책을 써도 좋을 것 같은 이들이 있다. 그런데 여전히 책을 쓰지 못하는 이들이 있다. 그런 이들의 공통점은 책쓰기를 너무 대단한 일로 여기는 이들이 많다. 책을 쓴다는 일은 큰일이기는 하지만, 다가가서는 안 되고 몇몇 정해진 사람만 할 수 있는 어려운 일은 아니다.

물론 이런 이들도 막상 책쓰기를 하면 잘 쓰지 못할 수 있다. 하지만 그것은 해보기 전 일이다. 어떤 일을 해보지도 않고 '난 못 할 거야.' 하는 것보다 어리석은 일이 있을까? 아직 많은 세월을 살지는 않았지만, 세상사 모든 일은 안 해서, 해보지 않아서 못하는 것이라 생각한다. 그러니 '나도 책 한 권 꼭 써보고 싶다'는 생각을 한 사람이라면, 이제 그만 생각에서 벗어나서 되든, 안 되든 일단 써보자.

## 정말 책을 쓰고 싶다면

"사람들은 늘 이랬다, 저랬다 하는 것 같아요.

어떤 날은 '그래, 결심했어. 오늘부터 책을 쓸거야' 그랬다가도

어떤 날은 '내 주제에 무슨 책이야' 이런 생각으로 오락가락해요."

"그러니까 그 생각이 오락가락하지 않도록

책을 정말 쓰고 싶다면 잘 붙들어둬야죠."

"그렇죠. 그런데 그게 잘 안돼요."

책쓰는 일도 그렇고, 중요하고 꼭 해야 하는 일일수록 아침에 그것도 눈을 뜨자마자 하는 게 제일 좋다고 한다. 그렇게 21일 동안 몸과 마음에 습관을 들이면 의도하지 않아도 자

연스럽게 그렇게 된다는 얘기가 있다.

만날 때마다 책을 정말 쓰고 싶다고 얘기하는 사람들이 있다. 그래서 그런 사람들이 나를 만나자고 하면 웃으면서 이번에는 책쓰는 얘기 말고 다른 얘기를 하자고 한다. 그런데 또 만나면 책쓰는 얘기뿐이다.

이런 사람들 공통점은 책 쓸 시간이 없다는 것이다. 지금 이 책을 쓰는 나 역시 책 쓸 시간이 없었다. 책도 쓰지만, 책도 만들어야 하고, 살림도 해야 하고 해야 할 일을 나열만 해도 누구말대로 A4 한 장이 넘어갈 지경이다.

그럼에도 불구하고 이제 이 책 마지막 부분을 쓰고 있다. 사람이란 어떤 일을 할 때 시간이 없어서 못하는 것이 아니라, 그 일을 하기 위한 시간을 만들지 않는 것뿐이다. 시간을 만들지 않는 원인은 딱 두 가지이다. 그 일에 흥미를 느끼지 못하거나 절박하지 않거나. 둘 중 하나다.

그런데 생각보면 책쓰기를 모든 사람들이 꼭 해야 한다는 얘기는 아니다. 책쓰기는 비유하자면 운동 같은 것이다. 살면서 바쁜 시간을 쪼개서 돈과 시간을 들여서 운동을 하는 사람과 그렇게 하지 못한 사람은 나중에는 큰 차이가 있듯이, 살면서 자신이 얘기하고 싶어하는 주제로 책쓰기를 한 사람과 그렇게 하지 못한 사람 차이는 나중에는 삶 자체가 다를 수 있다. 책은 자신 삶에 대한 어쩌면 일기와 같은 기록이다. 그것이 소설과 같은 허구가 들어간 것일지라도 말이다.

당신 삶을 보다 건강하고, 의미 있게 만들고 싶은가? 그러기에는 책쓰기만큼 좋은 것이 없다. 이는 책쓰기를 하고 나서 그것이 출간이 되느냐 마느냐는 또 다른 문제라 생각한다. 물론 출간까지 된다면 정말 좋겠지만, 처음 책을 쓰면서 너무 큰 기대는 하지 않는 것이 좋다. 어떤 것이든 그렇지만 분에 넘치는 너무 큰 기대는 그와 비슷한 실망을 안겨주기 때문이다.

## 오늘부터 책쓰기

"오늘부터 책쓰기라는 말이 참 좋아요."

"네, 그런 좋은 느낌으로 하루하루 책쓰기를 해보세요. 아마 쓰면 쓸수록 더 좋은 느낌을 갖게 될 거예요."

"욕심 부리지 않고, 하루를 기록하는 일기를 쓰듯 책쓰기를 하면 책쓰기를 하는 동안 정말 행복할 거예요."

어른들이 말한다. 좋아하는 일을 돈 버는 일로 삼지 말라고 말이다. 직업에 높고 낮음이 있는 우리나라 상황을 꼬집어서 하는 말일 것이다. 요새도 여전히 그런 분위기가 남아있지만 다행히 점차 그런 말은 이제 거의 옛날 말이 되어가는 듯하다.

요즘 젊은이들은 옛날 사람처럼 먹고사는 문제에 얽매여 사는 것 같지 않다. 예를 들면 결혼이나 아이 문제도 그렇다. 우리 부모님 같은 세대만 해도 결혼은 꼭 해야 하는 것이었지만, 요새 젊은이들은 자신 형편에 따라 자유롭게 선택하는 듯하다. 일을 선택하는 것도 전에 비해 잘 먹고 잘 사는 일에서 벗어나 자신 생각대로, 자신이 할 수 있는 의미 있는 일을 찾는 젊은이들을 보면 정말 멋지다는 생각까지 든다.

그런 멋진 젊은이들은 책쓰기도 아주 다양한 방법으로 멋지게 잘 해내는 것 같다. 여행을 다녀와서 친구들끼리 책으로 만들어서 독립출판물로 내놓는다든지, 자신이 갖고 있는 고민들을 솔직하게 풀어놓는 것으로 책을 만들어서 더 많은 사람들과 생각하는 기회를 갖는 모습을 볼 때마다 요새 젊은이들은 참 용감하다는 생각이 든다.

오늘부터 책쓰기를 결심한 사람들이라면 요새 젊은이처럼 용감해지자. 솔직해지자. 어설프게 모르는 것도 아는 것처럼 이리저리 둘러대는 그런 책쓰기 말고 '나는 이래, 너는 어때?' 하는 생각으로 책쓰기를 시작해보자.

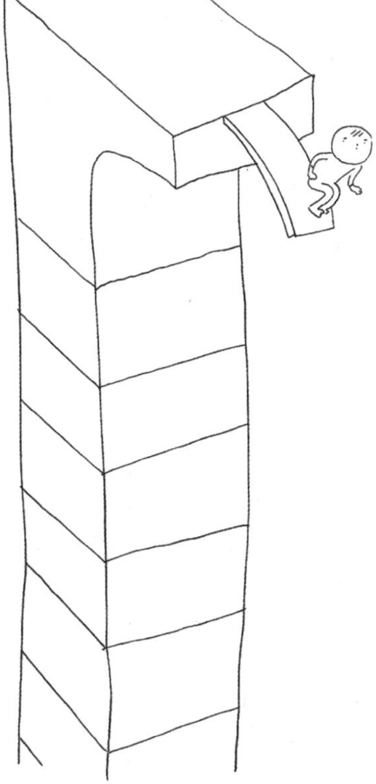

인터뷰 ❸

## 아샤 님

### "출판사 50곳에 출간계획서를 냈고, 연락이 온 곳은 3곳이었습니다"

작가님을 모르는 독자 여러분도 계실 듯해요. 잠깐 소개 부탁드려요.

나마스떼, 책 〈네팔은 여전히 아름답다〉 저자 서윤미라고 합니다. 다양한 문화와 민족에 관심이 많고 여행을 통해 세상이 좀 더 나은 방향으로 바뀌었으면 좋겠다는 생각에 착한여행(공정여행) 관련 일을 했습니다.

네팔에 살며 일하며 오간지도 5년이 되었네요. 네팔에서 소수민족 마을여행 프로그램 개발, 문화예술가 인터뷰, 지진 복구 관련 캠페인 등의 일을 했습니다. 지금은 다시 네팔로

돌아왔고 이번에는 포카라에 거주하고 있습니다. 책 내용도 지난 5년간 만난 네팔사람, 문화예술, 마을, 자연을 통해 진짜 네팔을 들여다보는 이야기입니다.

이번 책은 〈책쓰기 어떻게 시작할까〉라는 제목을 달고 있는 책입니다. 쉽게 말해 책쓰기 그 중에서도 처음 책을 쓰는 사람들이 어떻게 하면 책쓰기를 두려워하지 않고, 잘 쓸 수 있을지에 관한 책이에요. 아샤 님은 책을 처음 책을 내야겠다고 마음먹었을 때 그것을 어떻게 행동으로 옮겨서 첫 책이 나왔나요?

처음 네팔에 와서 접하게 되는 문화와 삶의 모습들이 마냥 신기했습니다. 그냥 여행자의 시선이 아닌 살아가면서 느끼는 모습이 달랐던 거였죠, 그래서 매일 1줄이 되더라도 나중에 주변에 알려주면 좋을 정보를 2년간 기록했습니다. 홈페이지 주소부터 전시회에서 느낀 점, 봤던 다큐멘터리에 대한 감상기록 등 그날그날을 빼놓지 않고 기록했습니다.

그리고 1년간 제안 받은 온라인 매체에 제 코너를 만들어 한 달에 한 번씩 원고를 게재했습니다. 그렇게 쌓인 매일 매일의 메모와 1년간의 연재 덕분에 책을 쓸 수 있게 되었습니다. 사실 출판사에 출판계획서를 내기 전에 책을 내주는 공모전에 최종면접까지 갔다 탈락한 경험이 있습니다. 게을러서 묵혀두었던 것을 공모전 때문에 벼락치기로 썼던 기억도 있네요.

**〈네팔은 여전히 아름답다〉는 텀블벅 펀딩도 성공적이었습니다. 이런 펀딩 사이트를 통해 첫 책을 내려는 분들에게 전하고 싶은 말이 있다면 한마디 부탁드려요.**

저는 페이스북을 통해 네팔의 모습을 꾸준히 알려왔습니다. 주변 지인들이 저보고 네팔 통신원 같다고 하시더라고요. SNS를 통해 꾸준히 활동 소식을 알렸고 주변에서는 저 때문에 네팔에 가보고 싶다는 이야기를 많이 하셨어요. 그리고 참여할 수 있는 계기가 생긴다면 꼭 함께하고 싶다고 하셨습니다. 그렇게 관심 가져주셨던 분들이 텀블벅에 적극적으로 참여해 주셔서 많은 도움이 되었습니다. 갑자기 아무 행동도 없다가 펀딩을 해달라고 하면 어려웠을 텐데 저 같은 경우는 네팔 지진 후 캠페인을 진행할 때도 전적으로 다 페이스북을 통해 진행했기 때문에 이후 펀딩도 자연스러웠던 것 같습니다.

이 책 〈책쓰기 어떻게 시작할까〉에서는 작가들도 블로그나 SNS를 꼭 해야 한다고 말하고 있습니다. 작가님도 멀리 네팔에 계시지만, 마치 한국에 있는 것처럼 <네팔은 여전히 아름답다> 홍보를 열심히 하시고 계신데요. 작가가 되려는 이들에게 자신 책을 홍보하는 방법을 알려주신다면 어떤 것들이 있을까요?

한국에 있었다면 강연이나 행사에 다니면서 홍보를 했을텐데 네팔에 있으니 쉽지 않습니다. 그래도 제가 할 수 있는 것들을 하기 위해 지인들에게 네팔에 여행 오는 사람이 있으면 사전 필독서로 꼭 권하고요. 지인 중 가게를 운영하는 경우 책을 놔달라고도 말합니다. 한동안은 책 속의 문구를

발췌해 책 문구와 동시에 책이 입고된 동네서점을 같이 홍보하기도 했습니다. 그리고 모르는 사람이어도 네팔에 와서 만나겠다고 하면 열일 제쳐두고 나가서 제가 아는 여행정보 상담도 해드리고 있습니다.

여행책을 쓰려는 이들이 그 어느 때보다 많습니다. 여행책을 먼저 낸 선배 작가로서 여행책을 쓰는 데 있어서 꼭 생각해봐야 할 것은 무엇인가요?

우선 자신이 잘 쓸 수 있는 포인트를 잡아야 해요. 요즘 여행책이 너무 많다 보니 자신만의 특색이 필요한 것 같아요. 사람의 감성을 자극할 수 있는 게 나의 장점인지, 구체적인 정보 제공인지 먼저 포인트를 잡는 게 중요합니다.

그리고 무엇보다 끈기가 필요하겠죠. 저도 제 책을 내기 위해 출판사 50여 곳 넘게 제안서를 내봤습니다. 연락 온 곳은 딱 3곳이었습니다. 한 곳은 기존에 냈던 책들의 성격이 저와 맞지 않았고, 다른 곳은 본인들의 시리즈에 맞게 수정을 제안해왔습니다. 그러다 운 좋게 저랑 잘 맞는 곳을 찾았고, 작업하는 내내 즐거웠던 기억이 있습니다. 포기하고 싶었던 적이 많았지만 자신 원고와 잘 맞는 곳을 찾아 끝까지 놓치 않는 인내심이 필요한 것 같습니다.

끝으로 책을 처음 쓰려는 예비작가님들에게 선배 작가로서 덧붙이고 싶은 말이 있다면 어떤 말일까요?

이제 저의 보물 같은 존재가 되어 버린 제 책에 대한 애정이 많습니다. 지난 제 삶에 대한 결과물이기도 하죠. 그렇기 때문에 한 페이지, 한 페이지 볼 때마다 새롭습니다. 인생의 추억이 될 자신만의 책을 꼭 내보세요!

# 이제는
# 당신 차례입니다

오늘은 올해 초등학교 3학년이 된 아이가 새학기를 맞아 학교에 다녀와서는 학교 상담 서류라며 A4 한 장을 저에게 줍니다. 그런데 이름과 나이를 적으면서 순간 멈칫했습니다. 벌써 제 나이가 이렇게 됐는지 막상 적어보니 느낌이 다르더군요. 그러면서 얼마 전 친정엄마가 전화 저 너머로 혀를 끌끌차며 "나이만 많이 먹었네." 하던 소리가 기억났습니다. 팔순 넘은 엄마도 그간 저를 여전히 코흘리개 막내딸로 기억하고 있었을까요?

마흔 중반을 넘어서니 이제 사는 게 무엇인지 아주 조금은 알 것 같습니다. 친구에게 얼마 전까지만 해도 그저 해맑

게 "쓸쓸함은 알겠는데 외로움은 뭐야?" 하고 묻곤 했는데, 이제는 그 답을 묻지 않고도 알 수 있을 듯합니다. 하루가 짧습니다. 일 년도 짧고요. 그러고 보니 제가 하고 싶은 것을 마음만 먹으면 할 수 있을 날도 언제까지일까 하는 생각이 듭니다. 그래서인지 요새는 하고 싶은 것이 있다면 더 이상 미루지 말고 하고 살아야겠다고 다짐합니다.

지금도 친정엄마가 살고 있는, 지금은 동도 아니고 리가 된 집에서 저는 태어났습니다. 언니, 오빠가 위로 다섯 명이나 있었지만, 나이차이가 많이 나서 자랄 때에는 네 살 터울인 작은오빠하고만 자란 기억이 납니다.

시골이었지만 농사를 짓지 않아서 그랬을까요? 산으로, 들로 겨울이면 볼이 빨개지도록 신나게 놀았던 기억보다는 상급학교로 공부를 하러 떠난 언니 방에 있던 세계문학전집을 친구 삼아 막연히 작가 꿈을 꾸던 그 시간이 더 즐거웠습니다.

그런 시골아이가 커서 요 몇 달 동안은 스토리닷이라는 출판사 대표라기보다는 어렸을 적 꿈이었던 작가로서의 시간을 보냈습니다. 이 책 한 권을 마무리하면서 그 몇 달 동안의 시간 속에 그동안 제 모습이 다 들어있는 듯 느껴졌습니다.

무엇을 하든 늦은 때란 없습니다. 책쓰기를 하고 싶은 분들은 오늘부터라도 〈책쓰기 어떻게 시작할까〉로 책쓰기를 시작해보세요. 가려진 기억 속에서 여러분의 새로운 길을 발견하게 될 테니까요.

# 부록

# 책쓰기 궁금증 열 가지

## 1 인세 정책 기준은 무엇인가요?

이미 책을 낸 사람도 인세가 어떤 기준으로 지급되는지 모르는 경우가 있더군요. 그래서 준비했습니다. 인세 공식. (발행부수-홍보부수)*책가격*인세비율. 이것이 초판 1쇄 인세이고, 2쇄부터는 보통 홍보부수 없이 발행부수*책가격*인세비율로 계산해서 인세가 지급됩니다. 여기서 홍보부수는 책이 나오면 홍보마케팅을 해야 하는데, 여기에 쓰이는 부수를 말합니다. 보통 발행부수의 10퍼센트 정도입니다. 인세비율은 10퍼센트이나, 작가의 인지도에 따라 가감하게 됩니다. 더불어 인세는 대부분 판권지(책 맨앞이나 맨 뒤 책 정보가 나와있는 페이지) 발행일자 기준 한 달 이내에 지급되는 경우가 대부분이지만, 출판사와 작가 계약에 따라 약간씩 달라질 수 있습니다. 최종 지급되는 인세는 인세에서 원천세를 제하고 지급됩니다.

## 2 어떤 기준으로 원고 투고 메일을 살펴보나요?

제일 먼저 원고 투고 메일을 살펴봅니다. 메일 내용에 무리가 없다면, 첨부파일을 열어서 작가소개와 출간계획서, 샘플 원고를 살펴봅니다. 이 세 가지 중 편집자에 따라 어디에 비중을 많이 두느냐에 따라 문서를 열어보는 순서가 달라질 수 있겠네요. 저는 작가소개를 먼저 보고 출간계획서 그리고 맨 마지막으로 샘플 원고를 살펴봅니다. 온 정성을 들인 샘플 원고를 맨 나중에 읽는다고 실망하셨나요? 그 이유는 시간을 갖고 찬찬히 잘 살피기 위해서 그런 것이랍니다. 아무리 작가소개가 별로라 해도 샘플 원고는 꼭 읽어봅니다.

## 3 원고 투고를 보낸 출판사에서 한 번 만나자는 연락이 왔어요

좋은 소식이네요. 일단 원고 투고 관문을 통과하신 거잖아요. 취직하는 것과 비교해서 그렇지만, 이는 이력서와 자기소개서가 통과된 것과 같아요. 이제는 좋은 인상으로 면접에 통과할 일만 남은 거예요. 이렇게 출판사에서 원고 투고한 작가를 보자는 이유는 서면으로는 알 수 없는 것들을 직접 얼굴을 보고 알아보고자 하는 것입니다.  한마디로 이 작가가 자기네 출판사와 잘 맞을까 알아보는 자리인 것이지죠. 이런 자리는 작가는 물론 출판사도 조금은 떨리는 자리랍니다. 그래도 편안한 자리니까 너무 떨지 마시고, 질문에 잘 답을 하시고, 작가 입장에서도 출판사에 궁금한 것들이 있다면 편히 물어보시면 됩니다.

## 4 좋은 출판사를 고르는 방법을 알려주세요

원고 투고를 통해 출간을 하게 되는 경우 중대형 출판사일수록 그 수가 극히 적다고 해요. 그래서 책을 내고 싶어서 원고 투고용 문서를 잘 작성해도 일반인들이 책을 출간하는 일이 어렵다고 하시는 분들이 있어요. 하지만 요새는 내실있는 작은 출판사도 많이 있고, 책을 내고 사고파는 출판환경이 많이 변해가고 있으니, 책을 내고 싶다면 그 마음 하나로 끝까지 밀고 나가면 좋은 결과를 얻을 수 있을 거예요.

일단 자신과, 자신이 쓴 원고와 잘 어울리는 출판사를 찾는 게 중요해요. 그러려면 온오프라인 서점을 잘 살펴보는 게 중요한데요. 일단 몇 개 정도 투고할 출판사 리스트가 만들어지면 꼭 한 회사에 한 곳만 메일주소를 써서 메일링을 하셔야 해요. 출판사를 어떤 기준으로 추리냐고요? 그것은 아무래도 그 출판사에서 어떤 책들이 나왔는지 살펴보는 게 좋을 듯해요. 그런 흐름들이 자신이 낼 책과 잘 어울린다면 무엇보다 좋겠지요. 예를 들면 내가 쓴 원고는 여행책인데, 경제경영서를 주로 내는 출판사에 원고 투고를 보내면 될까요? 안 될까요? 이 외에 보다 자세한 내용은 이 책 출간계획서 쓰는 법에 나와 있어요.

## 5 책만 쓰고 먹고 살만 할까요?

어떤 생각으로 이런 질문이 나왔는지 모르겠지만, 처음 책을 쓰려는 이들이라면 책만 써서는 생활이 안 될 거예요. 이 근거로는 책쓰기 궁금증 제일 먼저 나온 질문에 대한 답을 읽어보면 알겠지만, 책 한 권을 써서 받을 수 있는 인세는 그리 많지 않아요. 그러니까 다른 일을 하지 않고 책만 써서 살려고 하면 첫 책이 그야말로 베스트셀러가 되지 않는 이상 생활이 어려워요. 나중에 책을 여러 권 써도 그 쓴 책들이 꾸준히 잘 팔려서 계속 인세가 들어와야 책만 쓰고 먹고 살만하겠지요.

## 6 자신 책이 어느 정도 팔렸는지 어떻게 아나요?

그러니까 작가도 일단 출판사를 규모나 이미지보다 담당 편집자를 믿을 만한 곳으로, 작가도 출판에 대해 어느 정도 알고 출판사를 선택해야 해요. 그래야 많지 않은 인세라도 잘 받을 수 있어요. 대부분 출판사에서는 인세를 지급할 때 인세 보고를 하고 있어요. 이번에는 몇 부를 찍었고, 그래서 인세는 얼마라고 알려주는 것이죠.

하지만 계약서를 쓸 때 이런 출간부수로 인세를 지급하는 곳이 아닌, 팔리는 만큼 인세를 받는 곳과 계약한 작가는 자신 책이 어느 정도 팔렸는지 정확히 알 방법이 없답니다. 물론 출판사에서 보고는 해주겠지만, 그것을 일일이 따지기에는 출판 시장이 조금 고리타분한 옛날식 구조에요. 지면을 통해 출판 시장과 관련된 여러 사정을 얘기하기에는 복잡한 면이 있네요. 그러니 일단 작가는 자신 인세가 발행부수로 받는 것인지, 판매부수로 받는 것인지는 꼭 확인해야 합니다.

## 7 글쓰기도 못하는 제가 책을 쓸 수 있을까요?

글을 잘 쓰면 책 쓰는 데 도움이 됩니다. 하지만 모든 책이 글쓰기를 잘해서 나오는 책은 아니예요. 그럼에도 불구하고 책을 한 권만 낼 것이 아니라, 책을 몇 권이고 낼 사람이라면 글쓰기 연습을 통해 글쓰기를 어느 정도 해야 책쓰기를 보다 쉽게 시작할 수 있습니다.

## 8 책이 만들어지는 과정에 대해 알고 싶어요

좋은 질문이에요. 작가가 되려면 자신 원고가 어떻게 책으로 만들어지는지 정도는 알고 있어야 하죠. 먼저 책으로 만들자고 작가와 출판사가 계약서를 쓰게 되면, 계약서에 보다 자세한 일정을 잡아서 적어놓기 마련입니다. 그 일정대로 진행되면 다행이지만, 책에 따라서 그렇지 않은 경우도 있어요.

일단 계약서대로 작가가 원고를 출판사에 넘기면 편집부에서 원고 교정 교열을 봅니다. 때에 따라 많은 부분 수정을 해야 할 경우 작가의 허락을 받고 수정을 하거나, 작가에게 이런이런 부분을 수정해달라고 요청이 들어옵니다. 이렇게 몇 번을 거쳐서 최종원고가 나오면 편집디자이

너에게 원고를 넘겨서 편집디자인을 하게 됩니다. 편집자와 편집디자이너 원한다면 작가가 편집디자인 회의에 참여하기도 합니다.

편집디자인은 보통 내지(본문)부터 시안을 잡아서 그 시안 중 선택을 해서 진행을 하게 되고, 시안대로 원고를 편집디자인 틀에 앉혀서 첫 교정 교열을 작가와 편집부가 보게 됩니다. 이것을 1교라고 하고, 1교 본 것을 가지고 디자이너가 수정을 하게 됩니다. 이렇게 본문 수정을 적게는 세 번에서 여섯 번 정도 하게 됩니다. 책에 따라 횟수는 다를 수 있습니다.

내지 편집디자인이 다 되어갈 쯤 표지 디자인을 잡습니다. 책은 표지와 제목이 팔아준다는 말처럼 책에서 표지는 굉장히 중요합니다. 그런 만큼 표지를 잘 잡아야 하는데요. 표지 역시 시안을 잡아서 그것으로 바로 진행하는 경우도 있고, 수정이 필요하면 수정을 거쳐 표지를 완성하기도 합니다.

이렇게 하면 대략 책꼴이 만들어지고요. 나머지 책으로 유통을 하기 위해서 ISBN을 받아야 하는데, ISBN에 들어가는 정보 중 하나가 책값입니다. 책값은 인세 지급에도 중요한 요소이니 작가도 자신 책이 어느 정도 가격에 팔리길 바라는지 생각은 하고 있어야 합니다. 다만 책 가격에 관해서는 출판사 관계자들이 더 잘 알 수 있는 부분이므로, 만약 출판사에서 제시하는 책값이 자신이 생각한 책 가격과 크게 차이가 없다면 그 가격대로 가도 좋다고 말해주면 됩니다.

## 9 책을 쓰는 데 시간이 얼마나 걸릴까요?

이 답변은 딱 잘라서 답변드리기가 어려울 것 같네요. 그 이유는 책마다 그 책을 쓰는 사람마다 다를 수 있기 때문이죠. 그나마 책쓰는 시간을 줄일 수 있는 장치라면, 책을 쓰자고 결심한 그 순간부터 매일 책을 위한 생각을 하고, 매순간도 놓치지 않고 자신이 쓸 책과 관련된 것이라면 메모를 하고, 원고를 쓰기 힘든 날이라 해도 최소한 몇 자만이라도 글을 쓰는 습관을 들인다면 책쓰는 시간을 놀랍게 줄일 수 있을 거예요.

## 10 과연 책을 쓰는 게 좋을까요?

네, 책을 써보고 싶다고 생각한 분은 책을 쓰는 게 좋다고 생각합니다. 이유는 여러 번 말했지만, 책을 쓰면서 자신을 발견할 수 있고 자기를 한 번 더 키울 수 있기 때문입니다. 어디서 알게 됐는지 우리집 아이가 누구든 책 한 권은 쓸 수 있다고 하네요. 하지만 두 번째 책을 쓰는 사람은 드물다고도 하네요. 이 책을 읽는 분들은 아마 내 인생 첫 책에 도전하려는 이들일 거예요. 아이 말만 믿는다면 누구든 책을 쓸 수 있다고 하니, 이 책을 읽는 오늘부터라도 책쓰기를 시작해보세요.

# 출간계획서 작성법

## 1 제목

작가가 생각한 제목을 적습니다. 부제도 있다면 적어주세요.

## 2 기획의도

이 원고를 어떻게 해서 쓰게 됐는지를 밝혀주세요. A4 20줄 정도면 좋을 듯합니다.

## 3 작가 소개

사진이 있다면 사진도 문서에 넣어주세요. 작가 소개에 전작이 있거나 기고하고 있는 곳이 있다면 이 또한 밝혀주세요. 개인 블로그나 SNS 주소도 있다면 적어주세요. 이 역시 A4 20줄 정도면 좋아요.

## 4 기존 출판 도서 분석

자신이 쓰고자 하는 책이 다른 책들과 어떤 차별성을 갖고 있는지 적어주세요. 3권 정도 나열해주시면 됩니다.

## 5 독자층

이 책을 읽을 만한 예상 독자층이라 생각하는 사람들을 적어주세요.

## 6 목차 개요와 콘텐츠

원고 요약이라고 보시면 됩니다. 이 원고는 어떤 구성으로 어떻게 쓰여 있다는 것을 읽어보기 전 간략하게 설명해주세요. 개요에 이어서 목차를 넣어주시면 됩니다.

---

원고 투고는 보통 출간계획서와 작가소개서 별도로 샘플 원고를 보냅니다. 샘플 원고는 3꼭지 이상 이미지 자료가 있다면 이미지까지 넣어서 되도록 꼼꼼하게 썼다는 느낌이 들도록 해야 합니다. 편집자들은 샘플 원고에서 오자나 탈자, 문맥 흐름 등을 봅니다. 더불어, 원고투고 메일을

보낼 때는 메일 내용도 중요한데요. 메일 내용으로 이 원고는 어떤 내용인지 자세히 설명해주고, 꼭 연락받을 수 있는 연락처를 적어줍니다. 출판사에 따라 원고투고 메일을 받은 편집자 요청이 더 있을 수 있습니다. 예를 들면 샘플 원고를 더 보내줄 수 있느냐 혹은 원고투고에 빠진 내용을 요청할 수 있으니, 무리한 요청이 아닌 경우는 적극 협조해주세요.